白髪鬼

江戸川乱歩

春陽堂

目次

白髪鬼

解　説……落合教幸　251

白髪鬼

異様な前置き

今わしの前には、この刑務所の親切な教誨師《きょうかいし》が、わしの長物語がはじまるのを、にこやかな笑顔で待ちうけておられる。わしの横手には、教誨師が依頼してくれた、達者な速記者が、鉛筆をけずって、わしの口の動きだすのを待ち構えている。

わしはこれから、親切な教誨師のすすめによって、毎日少しずつ、数日にわたって、わしの不思議な身の上話をはじめようとするのだ。教誨師は、わしの口述を速記させ、いつか一冊の本にして出版するつもりだといっておられる。わしもそれが望みだ。わしの身の上は、世間の人が夢にも考えたことがないほど、奇怪千万なものであるからだ。いや、奇怪千万なばかりではない。これを世の人に読んでもらったら、幾分でも勧《かん》善懲悪《ぜんちょうあく》のいましめにもなることであるからだ。

春のようになごやかであったわしの半世は、突然、歴史上に前例もないような、恐ろしい出来事によって、パッタリとたち切られてしまった。それからのわしは、地獄の底から這いだして来た、一匹の白髪の鬼であった。払えども去らぬ、蛇のような執《しゅう》念《ねん》の虜《とりこ》であった。そして、わしは人を殺した。ああ、わしは世にも恐ろしい殺人者なのだ。

わしは当然、お上《かみ》の手に捕《とら》えられ、獄に投ぜられた。裁判の結果は、死刑にもなるべきところを、刑一等を減ぜられ、終身懲役ときまった。死刑はまぬがれた。しかし、絞首台のかわりに、わしの良心が、わしの肉体を、長い年月の間に、ジリジリと殺していった。わしの余命は、もう長いことはない。身の上話をするなら、今のうちだ。

さて、身の上話をはじめるにあたって、二つ三つ、ことわっておかねばならぬことがある。少々退屈かもしれぬが、これは皆、わしの物語に非常に重大な関係を持っていることだから、我慢をして聞いてもらいたい。

第一にいっておきたいのは、わしの生まれだ。わしはこれでも、大名《だいみょう》の家に生まれた男だ。大々名ではないけれど、名前をいえば知っている人も多かろう。わしの先祖は九州の西岸のS市を中心として、あの辺一帯で、十何万石を領していた、小さい大名なのだ。名前かね、それをこんな場合に公表するのは、死ぬほど恥かしいし、先祖に対してもじつに申し訳がない。しかし、わしはいってしまおう。大牟田敏清《おおむたとしきよ》というものだ。とっくに礼遇《れいぐう》を停止されているけれど、お上から子爵《ししゃく》の爵位までいただいておった身分だ。それが、ああ、皆さん大きな声で笑ってください。わしは子爵の人殺しなのだ。

わしの先祖が、人種学上、純正の大和民族《やまとみんぞく》なのか、それとも、もっと劣等な人種から出ているのか、よくは知らない。つくづく考えてみるのに、わしの家には、どうも皆さん方日本人とは違った血筋が流れているような気がするのだ。なぜこんな妙なことを云い出すかというに、わしの見聞きしているだけでも、祖父《じい》さんも、父親も、わしと同じように、ひどく執念深い男で、少しのことにも腹を立て、しかもそれを執拗《しつよう》に覚えていて、大抵の人は忘れた頃になって、恐ろしい仕返しをする、非常に残忍《ざんにん》な性質を持っていた。「目には目を、歯には歯を」という、あの蛇のような復讐心だ。御維新までは、だが、それでもよかった。仇討《あだうち》ということが公許せられていた時代だ。しかし、明治になってから生まれたわしは、じつに不幸であった。間接的な法律の力にたよるほかは、私怨《しえん》をはらす方法が、絶対になくなってしまったのだからね。

わしは不幸にも、そういう蛇のような執念深い血筋に生まれた男だということを、まず第一に覚えておいて下さい。

第二におことわりしておきたいのは、わしの家の、風変わりな墓地の構造だ。その地方の住民たちは、むろん普通の土葬をしていたが、殿様であるわしの家だけは、埋葬の方法なり、墓地の作り方なりが、まるで違っていた。今考えてみると、幾代か前の先祖が、その頃あの辺にやってきた、オランダとかイスパニアとかの紅毛人《こうもうじん》から、外国風の墓地の構造を聞きつたえて、それを真似たのかもしれない。どうもそんなことに違いない。

その墓地というのは、市郊外の或る山の中腹を掘って、石垣を築き、漆喰《しっくい》で頑丈にかためた、二十畳敷ほどの、石室《いしむろ》のようなもので、先祖代々の棺《かん》が、その中にズラリと並べてあるのだ。入口には厚い鉄の扉をつけ、厳重に錠前をおろし、十年に一度二十年に一度葬式の場合のほかは、めったに開かぬことになっていた。そんなふうにして、死体をできるだけ長く保存し、子孫のものは、いつでもそこへ行けば、先祖に会えるというような考えで、作られたものかもしれない。わしの地方では、それを「殿様の墓」といって名所の一つになっていたほどだ。

それから、もう一つだけいっておきたいことがある。

もう二十年も前の話だから、皆さんは覚えてもいないだろうが、ちょうどわしの身の上に、恐ろしい変化がやって来た当時、黄海《こうかい》一帯の沿岸からあの辺の海岸や島々をかけて荒らしまわる、大仕かけなシナ人の海賊団があった。そのことは東京の新聞にさえのったほどだから、記憶のよい人は、今でも覚えているかもしれぬ。首領の名は、朱凌谿《しゅりょうけい》といって、関羽髯《かんうひげ》をはやした雲つくばかりの大男であった。わしはそいつと物をいったこともあるので、よく知っている。大きな帆前船《ほまえせん》を持ち、何十人という子分を養い、数年の間、巧みにシナ日本の官憲の目をくらまして、莫大な金銀をかすめ取った、稀代《きたい》の海賊であった。その朱凌谿がまた、わしの物語に、なかなか大切な役目をつとめているのだ。あいつがいなかったら、わしもこのような身の上にならなくてすんだかも知れないほどだ。

今時海賊なんているものかと、ほんとうにしない人があるといけないから、念のためにおことわりしておく。今でも海賊がないことはない。風のたよりに聞けば、何とやらいう日本人が、つい一二年前北の方の海でロシア人を相手に、海賊を働いて、刑務所につながれたということではないか。当時の朱凌谿という奴も、その何とやらいう日本人におとらぬ、有名な海賊であった。朱凌谿のかすめた財宝は無尽蔵《むじんぞう》だと、支那の金持などは、うらやましがっていたというくらいだ。

いや、前置きが長くなって、ご退屈じゃろう。それではこれからいよいよわしの恐ろしい身の上話をはじめることにする。

極楽世界

あのことが起こるまでは、わしほど幸福な人間は、またとなかったといっても、過言ではない。

先祖の居城がS市のまん中に今でも残っているが、わしはそこで生まれたわけではない。わしの父の代に御維新が来て、子爵をいただく頃には、S市の港を眼下に見おろす、景色のよい丘の上に、立派な邸《やしき》を建てて、一家はそこへ引き移っていた。今では、その屋敷も、遠縁のものの手で管理されているが、そこで育った子供の時分を回想すると、何かこう春風でも吹いてくるようでなつかしくてたまらないのだ。

わしは生まれて間もなく、母に別れ、十七の時まで父の訓育を受けて育ったが、その父も死んでしまって、わしは十七歳という若い身空《みそら》で、金満華族といわれた、莫大な財産の持主となった。

お金はありあまる。父母は死んでしまった。兄弟とてもないという、呑気至極《のんきしごく》な身の上となったが、わしはほかの金持の息子のように、酒色にふけるようなことはなかった。父のきびしい教えが身にしみたのか、今思ってもじつに真面目な青年であった。

家は忠実な執事《しつじ》にまかせておいて、二十歳から二十八歳まで、高等教育を受けるために、東京へ遊学した。その間の楽しさも忘れられぬ。わしには一人のかしこい美しい男友達ができた。わしは大学の哲学科に、彼は美術学校の洋画科に通っていたが、寄寓《きぐう》している場所が近かったので、ふとしたことから友達になり、ついにはお互い離れられぬ、恋人同士のような親友になってしまった。

川村義雄といって、わしよりは三つも年下であったが、貧家に育ったために、世間のことは、兄分のわしよりもずっと明るく、容貌《ようぼう》の点でも、わしとはくらべものにならぬほど美しかった。

学校を卒業すると、わしはその川村をともなって故郷のS市へ帰った。川村は学校は出たけれど、画《え》の方で生活するのは、なかなかむずかしかったし、それに、もっと勉強をつづけたいという希望もあったので、画の勉強なれば、何も東京にかぎりはすまい。かえって、景色のよい九州の海岸で、静かに絵筆にしたしむがよかろうと、わしが切《せつ》にすすめて、同伴したのだ。帰郷すると、わしは早速、彼のために、ちょうど売りに出ていた、ある外人のアトリエを買い入れて、わしの費用で、そこに住まわせることにした。

わしは毎日、S港を見はらす書斎で、好きな読書にふけり、読書にうむと、川村を呼びよせたり、こちらから出向いたりして、気のおけぬ会話に興《きょう》じ、あるいは手を携《たずさ》えて近くの名所へ小旅行を催したりした。わしはそれで充分満足していた。ほかに楽しみを求める気は起こらなかった。

わしらはよく、女というものについて論じあった。わしは友達の間で、女嫌いの変物のようにいわれていたが、川村はけっしてそうではなかった。むしろ女性の讃美者であった。

川村が女のことを云い出すと、わしはにがい顔をした。

「女なんて、男のあばら骨一本にしか価《あたい》しないのだよ。あいつらは高尚な思想もわからなければ、優美な芸術も理解しない、劣等種族に過ぎないのだよ」

わしは昔の哲学者たちが、女性に加えた悪罵《あくば》の数々を、長々と弁じたてるのが常であった。

ところが、ところがだ。

人の心ほどあてにならぬものはない。その女嫌いの、変物の、このわしが、恋をしたのだ。フフフフフ、恋をしたのだ。恥かしいことだが、その娘を一《ひ》と目《め》見たばかりで、わしの哲学も、わしの人生も、何もかも朝日の前の雪のように、あとかたもなく溶けうせてしまったのだ。

名前は瑠璃子《るりこ》というのだが、中国筋の零落士族《れいらくしぞく》の娘で、当時十八歳、咲きそめた紅梅のように、匂《にお》やかにも美しい乙女であった。それが、女学校を卒業した記念か何かで、母親につれられて、S市を見物に来ているのを、わしは散歩の途中で、深くも見そめてしまったのだ。わしは恥かしさをしのんで、執事の北川《きたがわ》にこの縁談を取り結んでくれるように、頼みこんだ。調べてみると、貧乏はしているけれど、家柄は悪くない。本人もまことに躾《しつけ》の行きとどいた、かしこい娘だ。子爵夫人としてけっして恥かしくはない。

親族の中には、不賛成を唱えるものもないではなかったが、何をいうにも、本人のわしが、あの娘を貰《もら》ってくれなければ、死んでしまうという見幕《けんまく》だから、結局無理を押し通して、結婚式をあげるはこびとなった。そして、わしは生まれてはじめて女というものを知ったのだ。しかも、その名のごとく、瑠璃のように美しい女をだ。

ああ、今思い出しても、この老いくちた胸がおどるようだ。それから二年の間というもの、わしはただもう、甘いかおりの、あたたかい桃色の雲に包まれて、フワリフワリと天界をただよっているような、何ともいえぬ楽しい月日を過ごしたものだ。

大阪の伯父のところへ旅行していて、わしの結婚式に間に合わなかった川村義雄は、婚礼がすんで三日目の日に、わしたち夫婦を訪ねてくれた。彼はほかの誰より深くわしらの結婚を祝ってくれた。

「君はほんとうに仕合わせものだぜ、黙っている奴が曲者《くせもの》とは君のことだ。今まで女嫌いを看板にしていた君が、東京や大阪の社交界にだって、めったに見当たらぬような、日本一の美人を妻にするとは。君これでも、女は一本のあばら骨かね」

彼はわしの手を握りしめて、大はしゃぎにはしゃぐのだ。

「いや、僕は説《せつ》を変えたよ」

わしは恥かしそうに答えたものだ。

「君がよく云っていたように、美しい女というものは、どんな芸術も及ばぬ造化の偉大な創作だよ」

そう言ってから、わしはふと川村にすまぬような気持になった。男ながら、彼こそわしの唯一の伴侶《はんりょ》ではなかったか。それが、瑠璃子というものが出来てみると、何だか今までのような、隔意《かくい》ないしたしみが少しうすらいだような気がする。川村の前で妻をほめたりして、悪いことをしたと思った。ああ、かわいそうに、川村はまだ、美人を妻とする楽しさを知らぬのだ。この男にもどうか美しい娘を探しあててやりたいものだ。

わしはちょっと憂鬱《ゆううつ》になって、何気《なにげ》なくふり向くと、そこへ、大輪の薔薇《ばら》の花が咲きだしたように瑠璃子がはいって来た。それを見ると、わしの憂鬱はどこへやら、けし飛んでしまった。この美しい顔さえ絶えずわしの目の前にあるならば、友達もいらぬ。金もいらぬ。命もいらぬ。恋に酔うとは、これをいうのかしら。わしは人世嬉しさの絶頂に達し、痴人《ちじん》のごとく、瑠璃子の顔をあかず眺め入った。見れば見るほど愛らしい。ああ、世の中にこんな美しく愛らしいものがあったのかしら。瑠璃子がそこにいると、近くの品物がみんな美しく、楽しく見えてくるほどだ。

皆さん笑ってください。結婚後しばらくすると、わしは瑠璃子を湯に入れてやるのが無上《むじょう》の楽しみとなった。わしは三助(注1)のように、我が妻の美しい肌をこすってやった。桃色にゆだった、水蜜桃《すいみつとう》の皮のようにきめがこまかくて、眼にも見えぬ産毛《うぶげ》のはえている、あれの肌から、モヤモヤと湯気の立つのを眺めるのが、わしは大好きであった。よれて出る垢《あか》までが、わしには、こよなく美しいものに見えた。

わしは召使どもの蔭口《かげぐち》もかまわず、風呂の立つのを待ちかねる、痴漢《ちかん》となりはててしまった。

わしがそんなふうなものだから、瑠璃子の方でも、わしだけには令夫人のよそ行きの作法《さほう》をすてて、なれしたしんだ。はては、熊使いの見世物師《みせものし》が目くばせ一つで、荒熊を自由自在に動かすように、彼女も目一つで、わしを意のごとく動かすやり方を覚えこんでしまった。

二人きりの場合には、わしは瑠璃子の忠実きわまる奴隷《どれい》であった。どうすれば彼女が喜ぶかと、それのみに心をくだいた。

彼女は、何か嬉しいことがあると、

「あら！」

といって鈴のような目を見はり、それから、くすぐったいような表情で、唇を何ともいえぬ愛らしい恰好にまげてにっこりと微笑するのが癖であった。わしはその微笑を見るためには、どんな大きな犠牲を払うことも辞さなかった。なぜといって、瑠璃子の方でも、この上もなくわしを愛していたのだから。

わしの家はにわかに賑やかになった。瑠璃子を喜ばせるための、小宴がしばしば行われ、知人という知人が招かれた。わしの妻はそういう席上で、美しい女王のようにふるまうのが好きであった。わしはまた、それを見るのが好きであった。

中にも親友の川村はよく遊びに来た。彼は案内も乞わず、わしの家にはいって来るほどしたしかった。わしの家をわが家のようにふるまった。瑠璃子とも大の仲よしで、三人鼎坐《ていざ》して、罪もなく笑い興じる日が多かった。

さすがに苦労した男だけあって、川村は交際術にかけては、すばらしい腕前を持っていた。一度会ったばかりで、誰も彼も、彼に非常なしたしみを感じるように見えた。瑠璃子も例外ではなかった。川村は瑠璃子を喜ばせる術にかけては、たしかにわしよりも役者が一枚上であった。三人で話していても、川村と瑠璃子ばかり話がはずむようなこともしばしばあった。

だが、わしはそれが嬉しかった。妻をめとって、親友の心が離れてゆくかと案じたのは、杞憂《きゆう》に過ぎなかったのを知って、わしは大満足であった。

皆さん考えてみてください。このような幸福がまたと世にあるじゃろうか。

名誉ある爵位を持ち、家は富み、日本一の、すくなくもわしの目にはそう見えた美人を妻とし、その妻には愛され、親友にはしたしまれ、しかも、わしはまだ若かったのだ。これが人間最上の幸福でなくて何であろう。極楽世界でなくて何であろう。わしはあんまりよすぎて、いっそもったいないような、そら恐ろしいような気持さえした。

あれはいつであったか、何でも結婚してから一年以上もたった時分だと思うが、川村と二人きりで、例によって女について論じあっていた時、わしが一年以前とは、まるでうらはらに、女性をほめそやすものだから、川村はたじたじとなって、なぜか少し陰気な顔をしながら、

「君はほんとうに善人だよ」

と溜息《ためいき》をつかぬばかりの調子で言った。

何だか変に聞こえたので、

「どうして、そんなことを言い出すのだ」

とたずねると、

「少しも疑いということを知らぬからさ」

と、ますます妙なことを言う。

「疑いといって、誰も疑う人がなければ仕方がないじゃないか」

「いや、世間には、我が妻を疑って、嫉妬の余り、ずいぶん無駄な苦労をする奴もあるからさ」

「なんだって、嫉妬だって。だが君、嫉妬をしろといっても、あの子供のように無邪気な瑠璃子を、どう疑いようもないではないか」

わしがむきになって妻の弁護をすると、川村は他意もなく笑いだした。

「そうだね。ほんとうにそうだね。瑠璃子さんは雛菊《ひなぎく》のように無邪気な乙女だね」

そして、彼はワーズワースの「雛菊の詩」を口ずさみはじめたものだ。彼は英詩の朗《ろう》吟《ぎん》がたくみであった。

わしはそれに聞きほれた。そして、さい前の彼の変な言葉を、忘れるともなく忘れてしまったが、遠からず、あの会話をマザマザと思い出さなければならぬような、不吉な時がやってくるとは、神様でないわしに、どうして知ることが出来たろう。

二年の月日は、またたくうちにたってしまった。その間これという変わったこともない。瑠璃子はますます美しく、わしたち夫婦の仲はいよいよ睦《むつ》まじかった。すべて、

すべて、極楽世界の四字につきていた。

いまわしき前兆

皆さん、わしのその二年間のように、何から何までよいことづくめの折にはゆめゆめ油断をしてはなりませんぞ。運命の鬼めは、甘い餌物《えもの》を与えて、人の心をためすのだ。そして、ちょっとでも心にすきがあったなら、大きなまっ黒な口をあいて、ガブリと人をのんでしまうのだ。お多福《たふく》の面《めん》のうしろ側には、こわい鬼の面が隠されているのだ。

わしはあんまり幸福すぎた。それに殿様育ちのお坊ちゃんで、世間というものを、まるで知らなかった。

ちょうど結婚後二年目の終わりに、わしはチフスをわずらって、しかもそれがこじれて、三月《みつき》というもの、病院生活をしなければならなかった。といって、何もそれが直接わしの幸福を奪ったというのではない。長びいたけれど病気は全快したのだ。全快したばかりか、チフスという病いのありがたいことには、それまで何となく弱々しかったわしの身体《からだ》が、病後はめっきり健康になった。一度ぬけた髪の毛も、前にもまして黒々とはえそろった。年までも、二つ三つ若がえったような気がした。

病中、妻の瑠璃子は毎日病院へ見舞いに来てくれた。川村も妻にまけぬほど、しげしげわしを見舞ってくれた。ああ、かたじけないことだ。わしを愛していればこそ、いまわしい伝染病を気にもとめず、瑠璃子は、川村は、わしを慰めに来てくれるのだ。妻や親友が今までの幾層倍もありがたいものに見えてきた。——考えてみると、わしはまあ、何という鈍感なお人好しであったろう。


ここでまた、恥かしい打ちあけ話をしなければならぬのだが、わしが退院をして二カ月あまりたった時分のことだ。十日ほど瑠璃子の気分のすぐれぬことがあって、今日は少しよいというものだから、その晩は、久しぶりに彼女の部屋へ行ってみると、意外にも、瑠璃子は身を堅くして、わしを拒むではないか。

「これ、どうしたのだ。さてはお前は、僕をいとわしく思いはじめたのか」

と、冗談に怒ってみせると、あれは、さも悲しそうな顔をして、

「今まで隠していましたが、わたしはもう、このお邸に置いていただくわけにはまいりません」

と、わしの度胆《どぎも》をぬくような、とんでもないことを云いだすのだ。


わしはもう、泣きそうになって、なぜそんなことをいうのかと、さまざまにたずね

てみると、さんざん言いしぶったあとで、あれは、とうとうその理由を打ちあけた。打ちあけておいてサメザメと泣きふした。

だが聞いてみると、若い女なんて、そんなくだらないことで、これほどの騒ぎをやるのかと、おかしくなるほど些細《ささい》な事がらであった。瑠璃子は、数日前から身体に腫物《できもの》ができて、少しもなおらないというのだ。

「どれ、見せてごらん。そんなこと何でもないじゃないか」

わしは、またしても甘い気持になったものだ。瑠璃子が些細な腫物さえ、それほど恥かしがるのは、つまりわしの愛を失うのが、死ぬほどつらいからだ。そんなにもわしを大切に考えているのかと思うと、甘い気持にならないではいられなかった。

また、さんざんてこずらせたあげく、彼女はやっと少しばかり胸を開いて、その腫物を見せてくれたが、見ると、わしもちょっと、びっくりした。大きな赤い腫物が胸一面に吹きだしていたから。

「なんだ、そんなもの。なめろと言えば、なめてみせるよ」

と笑いながら、なおよく見ようとすると、あれは、手早く胸をとじて、陰気に沈みこんでしまうのだ。

無理もない、無理もない。日頃から瑠璃のように美しい肌を誇っていた彼女にしてみれば、世間普通の女と違って、美しいだけに、その美が少しでもそこなわれると、これほどまでに恥かしく、悲しいのだ。

わしは同情して、ともかく医者に見せるようにすすめたが、彼女はそれもいやだと駄々をこね、とうとう強情を通して、売薬のぬり薬かなんかですませてしまった。考えてみるのに、彼女は、みにくくなった肌を見せる恥かしさばかりでなく、それが性質のよくない発疹《はっしん》であったら、藩主の家の外聞にかかわるとでも考えていたらしいのだ。

売薬でなおるかと思うと、なかなか頑強な腫物で、なおるどころか、全身にひろがり、ついには蔽《おお》い隠すすべもない、あれの美しい顔にまでできてきた。

むろん瑠璃子は、一《ひ》目《め》でも、わしに汚れた肌を見せようとはしなかった。顔には切傷でもしたように、ガーゼを絆創膏《ばんそうこう》でとめて、それだけでは承知ができず、床《とこ》についてしまって、わしが見舞いに行っても、腫物のない鼻の上だけを夜具の襟《えり》から出して物をいうという、いじらしい有様であった。

わしは駄々っ子の奥さんに、ほとほと困《こう》じはて、川村を呼んで相談すると、彼も、あまりに狭い女心を、おかしそうに笑ったが、

「だが、無理もないよ。美人にとって、わが美しさが、どんなに大切なものだか、男な

どにはわかりやしないよ」

と、彼自身なみなみならず美しい顔に、同情の色を浮かべて、

「いっそ君、温泉にでも転地させてあげたらどうだね。邸をはなれた温泉場の医者なら、診察を受けられるかもしれないし……」

と名案を授けてくれた。

わしは、早速その説を採用した。さいわいS市から汽車と人力車をあわせて二時間ほどへだたった、Yという淋しい温泉場の近くに、空家になっているわしの持ち家があったので、それに手入れをして、妻を住まわせることにした。

わしも行って看病しようというと、瑠璃子は、毎日いっしょにいて顔を見られるのがいやだと、頑強に反対するので、仕方なく、彼女の里から連れて来ている、忠義者の婆やをつけてやることにきめた。

何ということであろう。その腫物があとかたなく全快するのに、ほとんど半年もかかったのだ。あの社交好きの瑠璃子が、その間、誰の訪問をもことわり、ただ昔ものの婆や一人を話し相手にじっと辛抱《しんぼう》していたというのは、よくよくのことである。

わしは、その長い間、いとしい妻と別居している淋しさに耐えかねて、たびたびY温泉を訪ねたが、瑠璃子は一間《ひとま》にとじこもり、かたく襖《ふすま》をしめて、襖ごしに、やっと話

をしてくれるばかりで、みにくくなった顔を極度に恥じて、どうしても会ってはくれなかった。

その中で、まだしも仕合わせであったのは、彼女が、名をいつわってではあったが、土地の医者に身体を見せてくれたことだ。わしは、早速その住田《すみた》という医学士を訪ねて様子を聞いてみると、別に悪い病いではないが、なかなか頑強な腫物だから、気ながになおすほかはない。それには、薬よりも、ここの温泉が非常に有効だとの答えであった。皆さん、この住田医学士の名をよく覚えておいてください。

わしは、瑠璃子に会えぬ悩ましさに、毎日彼女を見ている医者にあって、せめてものなぐさめにしようと、よくその医学士を訪ねたものだ。そして、間接に瑠璃子のようすを聞き、少しずつはよくなって行くらしいことを知って、わずかに安堵《あんど》の溜息《ためいき》をもらすという、はかない身の上であった。

だが、さしも頑強な腫物も、ついには全治する時が来た。瑠璃子は腫物のうすい痕《あ》跡《と》さえ恥かしがって、それがなおるまで辛抱していたので、ちょうど六カ月ばかりかかってしまった。しかし、なおったのだ。もとの美しい瑠璃子になって来たのだ。わしが、その久かたぶりの対面をどんなに喜んだか、くどくど説明するまでもなかろう。わしは、失った宝物を取り戻したような気がした。しかも、その宝物は、前よりも一段と美しく、愛らしく、光り輝いて戻って来たのだ。

さて、皆さん。わしがどういうわけでチフスだとか、腫物だとか、つまらぬことをくどくどとしゃべったのか、おわかりじゃろうね。わしが入院してから瑠璃子の腫物が全快するまで、数えてみるとちょうど一年の月日が経過しているが、その間、かげの世界で、どのような恐ろしい事柄が起こっていたか。そのまる一カ年の月日が何を意味していたか。わしの話を聞いただけでも、敏感な人はすぐ気がつく筈《はず》だ。

それを、まるでうそみたいな話じゃが、わしは少しも気づかなかったのだ。瑠璃子におぼれきっていたわしは、彼女のこととなると、もう盲目も同然で、カラ意気地がなかったのだ。

それはともかく、このわしたち夫婦の引きつづいての長わずらいが、あの恐ろしい破局への不気味な前奏曲であった。わしの運命のけちのつきはじめであった。瑠璃子の妙な腫物が全快して、ヤレヤレと思う暇もなく、今度は病気どころではない。前代《ぜんだい》未聞《みもん》の地獄の責め苦が、わしの上に降りかかって来た。

生き地獄

　皆さん。今までその点にふれる機会がなかったが、わしはとっくに世を去った、一匹の幽鬼《ゆうき》に過ぎないのだ。この世に籍のない死人に過ぎないのだ。なぜといって、わしは一旦はほんとうに死んでしまって、誰もそれを疑わなかったからだ。生き返りはしたけれど、わしは大牟田敏清と名乗ってふたたび人前に出なかったからだ。

　今のわしは、年はさほどでもないのに、濃い髪の毛が一本残らず、銀の針みたいな白髪《しらが》になっている。それはわしが、一度死んで、地獄の底から生き返ってきた、一つのしるしである。つまりわしは、あの時以来、一匹の白髪の鬼と化し去ったのだ。

　では、どうして死ぬようなことになったのか。またしても大病にとりつかれたのか。いやいやそうではない。病気ならあきらめようもあるけれど、わしのは、あきらめてもあきらめきれぬ、あまりにばかばかしいあやまちが死因となったのだ。

　それをこれから話そう。

　瑠璃子が邸に帰って間もなく、わしは何がなしにじっとしていられぬ嬉しさに、ある日川村の提議で、三人連れだって、近郊の地獄谷《じごくだに》というところへ、遠足をこころみた。

地獄谷というのは、S市を訪れた人は一度は見物に行く名所で、S市の南を流れるG川の上流、都会近くには珍しい、深山のおもむきある谿谷《けいこく》だ。そそり立つ断崖の間を青々とした渓流が、さまざまの形の岩に激して、泡だち渦まきながら流れている。両側の山々には、春は桜、秋は紅葉が美しく、その季節には、瓢《ふくべ》(注2)をさげた遊山客《ゆさんきゃく》が、断崖の上の細道を、蟻の行列みたいにつづくのだ。

わしたちの行ったのは、桜の季節も過ぎた晩春の頃であったから、遊山客の影もなく、非常に淋しかったが、静かな谿谷の気分を味わうには、かえって好都合であった。両側の山にはさまれた、広い帯のような空は、一点の雲もなく、底しれぬ青さに晴れ渡っていた。山道にはうらうらと陽炎《かげろう》がゆらぎ、若葉の薫《かお》りはむせかえるよう。谷間にこだまする冴えかえった小鳥の声も楽しかった。

地獄谷のもっとも景色のよいところに、地獄岩という恐ろしい岩がそびえていた。その岩に登って、突端《とっぱし》から、下の渓流をのぞきおろした景色は何ともいえぬ美しさだが、そのかわりには、地獄岩の名称にそむかず、はなはだ危険なので、めったに登る人もない。

だが、わしと川村とは、結婚以前、ここへ遊びに来た折地獄岩に登ったことがある。登ってみれば、下から見たほどあぶないこともなく、二人はその突端に立って、向こう側の山に向かって、声をそろえて万歳を叫んだものだ。

わしたち三人は、その昔なじみの地獄岩の根もとにたどりついた。

「君、いつかのように、ここへ登ってみる元気があるかい」

川村は、妻の愛におぼれきっているわしを、ひやかすようにいった。

「つまらない真似は止そう」

わしは瑠璃子のために、臆病になっていた。

「ハハハハハ、奥さんをもらうと、そんなになるものかねえ」

川村は笑って、単身岩の上にかけ上がった。

「ああ、実に美しい。奥さん、あなたも登ってみませんか」

彼は、岩のいただきから、ほがらかに呼びかけた。

「だめよ。あたしなんかとても……」

瑠璃子は、うらやましそうに、空に突っ立つ英雄の姿を見あげて答えた。

わしは不愉快であった。瑠璃子は川村の勇気を賞讃し、登りかねているわしを、ひそかに軽蔑しているように感じられたからだ。恋は人を愚かにするとはよくいった。わしはただ、愛する瑠璃子の前で、川村に負けたくないという子供みたいな競争心から、とうとう地獄岩に登ってみる気になった。

わしは、川村が降りて来るのと、引きちがいに、岩のいただきへよじ登った。そして、そこに突っ立って、下の瑠璃子に、さも自慢らしく声をかけたものだ。ああ、わしは何という馬鹿者であったろう。それが、彼女の見おさめになろうとは、夢にも思わないで。

「そこから遠くを眺めるのもいいが、もっと突端へ出て、下の流れを見おろすとまた格別だぜ」

川村が、わしをそそのかすように、呼びかけた。この何気ない言葉の裏に、どんな恐ろしい意味が隠されていたか神ならぬ身のわしは知るよしもなかった。ただ、川村め、自分では用心してふまなかった、突端の小岩の上へ、わしに出て見よとは、意地の悪い奴だと思ったが、そういわれて、尻ごみするのも癪《しやく》であった。わしは、痩我慢で、さも平気らしく、突端につき出た小さな岩の上に歩みでた。

歩みでたかと思うと、わしは天地がひっくりかえるような衝撃を感じた。足の下の抵抗がなくなってしまったのだ。もろくなっていた小岩が折れて、砲弾のような勢いで数十丈の脚下《きやつか》へ落ちて行ったのだ。

わしは一瞬間、何もない空中に立っているような感じがした。

むろん悲鳴をあげたに相違ない。しかし、わしの耳はすでにつんぼになっていて、わが声を聞く力もなかった。

空中に突っ立ったかと思う次の瞬間には、わしの身体は鞠《まり》のように、崖にはずみながら転落していた。

皆さん、これはわしの実験談だから信用してもよい。死ぬなんてわけのないことだ。痛さもこわさも、ただ一瞬間で、その高い崖を落ちて行きながら、わしはもう夢を見ていた。あれが気が遠くなるというのじゃろう。目も耳も皮膚も、無感覚になってしまって、頭の中だけで、墜落《ついらく》とはまったく別の、薄暗い夢を見つづけていた。

しかも一方では、底なしの空間を、無限に墜落して行く感覚が、かすかにかすかに残っているのだ。例えてみればわれわれが眠りにつく瞬間、人の話し声を聞きながら、夢を見ていることがある。ちょうどあれだ。墜落の意識と頭の中の夢とが、二重焼きつけの映画のように、重なって感じられるのだ。

で、頭の中では、何を夢見ていたかというと、わしの生涯の主な出来事が、次から次と、フラッシュ・バックみたいに、見えて来るのだ。父の顔、母の顔、祖父の姿、自分の幼時のおもかげ、小学時代のいたずら、東京の学生生活、川村をはじめ親しい友達の映像、瑠璃子との愛の生活の数々の場面、おできのできた彼女の顔の大写し、産毛のはえた瑠璃のような肌の顕微鏡写真《けんびきょうしゃしん》、というような数かぎりもない夢の連続だ。

むろんそれは墜落中の数秒間の出来事だ。どうしてその短い間に、あんなたくさんの夢が見られるのかと、今考えても不思議でしかたがない。

夢を見つづけているうちに、わしのからだが何か地面のようなものに、ゴクンとぶつかったのを、かすかにかすかに感じたかと思うと、わしの意識は、漠々《ばくばく》たる空《くう》に帰してしまった。一切合切《いっさいがっさい》何もないのだ、自分もなければ、第一存在の感じがない。ただ無《む》、ただ空《くう》である。たとえばわれわれが夢も見ず熟睡している時と同じことだ。

わしは死んでしまったのだ。

どれだけの時間がたったかは、むろんわからぬ。死人には空間も時間もありはしないのだ。だが、その漠々たる絶無《ぜつむ》の中に、何かしらあるような感じが生まれて来た。わしは甦《よみがえ》りはじめたのだ。

はじめはからだがなくて、ただ心だけがあるような気持、次には何もないのに、ただ重さだけがあるように感じられて来た。この重い感じは一体なんだろう。自分か他人か、考えようとしても考える力がまだないのだ。

しばらくすると、心持が少しずつハッキリして来た。重い感じがますます重くなり、ようやくわがからだのうちで、喉《のど》だけはあることがわかってきた。心も重さも喉にある。何物かがわしの喉をしめて、息をとめようとしている感じだ。

「放してくれ、俺《おれ》の喉からその手を放してくれ」

心で叫びつづけているうちに、何かわけのわからぬ極微《きょくび》の分子が、四方八方から集まってくるように思うと、それがだんだんに安定して、自分というものが、ハッキリ意識された。

だが、まだ何がなんだか少しもわからぬ。あやめもわかぬ暗闇と、死のような静けさの中に横たわっている一物は、わしのからだだ。縦か横か、どちらが上でどちらが下かもわからなかったが、やがて、背中に固いもののあるのが感じられてきた。

「ああ、俺は仰向《あおむ》けに寝ているのだな。眼をパチパチやっても、何も見えぬところをみると、俺は今真《しん》の闇の中に寝ているのだな」

そこではじめて、わしはありし次第を思い出すことができた。瑠璃子と川村と三人で地獄谷へ遠足したこと、わしが痩我慢を出して、地獄岩に登ったこと、その突端へ出たかと思うと、突然足の下の抵抗がなくなったこと。

「すると俺は今、あの崖の下の岩の上に寝ているのかしら。いつの間に夜になったのだろう。いくら夜でも、星の光くらいは見えそうなものだが」

わしは不審にたえず、まず両手をふれあってみるのに、手には温かみがある。胸をさぐると、張りさくばかりに動悸《どうき》がしている。

「だが、この息苦しさは、どうしたというのだろう。誰かが口をおさえて、空気を入れぬようにしているのかしら。ああ、空気がほしい。空気がほしい。何とかして、空気をつかみとって、むさぼりくらわねば、死んでしまう、助けてくれ！」

わしはもがきながら、思わず手をのばしたかと思うと、あまりのことに「キャッ」と叫ばないではいられなかった。

手にさわったのは堅い板であった。さぐってみると、右も左も上も下も、狭い板で囲まれていることがわかった。一刹那《いっせつな》、わしは何もかも悟ってしまった。悟りは悟りながらそれとわが心に知らせるさえ恐ろしいほどの、惨酷《ざんこく》な事実だ。

皆さん。わしは埋葬《まいそう》されたのだ。生きながら埋葬されたのだ。四方を囲む板は棺《かん》であったのだ。

皆さんはポーの「早過ぎた埋葬」という小説を読んだことがありますか。わしはあれを読んで、生き埋めの恐ろしさをよく知っていたのだ。

あの小説には、さまざまの不気味な事実が羅列《られつ》してあったが、中でもわしの記憶に残っているのは、土葬をした棺を、数年の後《のち》開いて見たところが、骸骨《がいこつ》の姿勢が、棺に納めた時とまるで違っていた。その骸骨は足をふんばり、腕をまげ、指の爪を棺の板につき立てて、無残にも、もがき廻った恰好をしていた。これは、死人が棺の中で蘇生《そせい》し、棺を破ろうと、苦しみもがいた跡でなくて何であろう。ああ、世にかくのごとき大苦悶《くもん》がまたとあるだろうか。という一節だ。

わしはまた、別の本で、もっと恐ろしい記事を読んだこともある。

それは、妊《はら》み女が埋葬されてから、棺内で蘇生し、蘇生すると間もなく、腹の子供を生み落としたというのだ。想像しただけでも総毛《そうけ》だつではないか。彼女は暗闇の中で、空気の欠乏と戦いつつ、ふたたび世に出る望みはないと知りながら、悲しい母親の本能で、出もせぬ乳房を、その赤ん坊にふくませはしなかったか。ああ、何という恐ろしい事実であろう。

わしは棺内にとざされていることを自覚すると、とっさに、これらの恐ろしい先例を思い浮かべ、からだじゅうに脂汗を流した。

だが、皆さん、そのように恐怖すべき生き埋めではあったが、その生き埋めさえも、それから、わしが経験した、歴史上にかつて前例もないような、苦悶、恐怖、驚愕、悲愁《ひしゅう》にくらべては、物の数ではなかった。さて、それが、どのように恐ろしい地獄であったかを、これからお話ししようとするのだ。

暗黒世界

皆さん、人間の本能というものは恐ろしい。棺の中にいると悟ると、わしの手足に、死に物狂いの怪力が、わくがごとくに集まって来た。必死の時には、必死の力が出るものだ。今この棺を破らねば、せっかく甦ったわしの命は、一時間も、三十分も、いや十分でさえ保たぬ。棺内の酸素がほとんどなくなっていたからだ。わしは、水を離れた鮒《ふな》のように、口をパクパクやりながら、窒息して死んでしまわねばならぬからだ。

わしは頑丈な棺の中で、猛獣のように跳ねまわった。だが、なかなか板は破れぬ。そのうちに空気はますます乏しくなり、息がつまるばかりか、目は眼窩《がんか》の外へ飛び出すかと疑われ、鼻から口から、血潮が吹き出すほどの苦しさだ。

わしはもう、無我夢中であった。板を破るか、わが身が砕けて死ぬかだ。空気の欠乏のために、ジリジリと死んで行くより、一《ひ》と思《おも》いに砕け死ぬのが、どれほどましか知れぬとばかり、わしは死に物狂いに荒れに荒れた。

すると、ああありがたい。棺の蓋がメリメリと破れる音がしたかと思うと、刃物のような鋭い空気が、スーッと吹き入って、つめたく頰《ほお》にあたった。ああ、その空気の甘かったこと。

あんた方は、空気がどんなにおいしいものだかをご存じあるまい。わしのような目にあって見ると、それがハッキリわかるのだ。

わしは鼻も口も一杯に開いて、肺臓《はいぞう》に吸いこめるだけ、そのうまい空気をむさぼりすった。吸うに従って、身も心もシャンとしてきた。ほんとうに蘇生したという感じがした。

そこで、わしは板の割れ目に手をかけて、力まかせに、おし破った。今度はもう大して骨が折れぬ。とうとう棺の蓋をはねのけてしまった。

むろんわしは棺の中から飛び出した。飛び出すと同時に何とも分からぬひどい地響きがして、わしの頭から、何か固いものがバラバラと降って来た。棺を飛び出した拍子にどうかして砂か小石でも落ちて来たのであろうと、わしはさして怪しまなんだが、あとで考えてみると、このひどい音を立てて落ちて来たものが、わしの生涯に実に重大な関係を持っていたことがわかった。それがなかったら、わしもこんな重罪犯人にならないですんだかも知れないほどの、一物であった。

さて、外に飛び出して見て、わしは意外な気がした。棺の中からやすやすと飛び出しえたことが、すでに不思議なのだ。もし土の中に埋めてあったら、たとえ棺を破っても上から土が落ちて来て、おしつぶされてしまう筈だ。変だぞ。それではわしの棺はまだ墓地に埋めないで、どこかに置いてあったのかしら。うまいうまい、わしはとうとう助かったのだ。このまま家に帰りさえすればよいのだ。

だが、この暗さはどうしたものだ。まるで空気そのものを墨で染めたようにまっ暗だ。

待て、待て、手さぐりで大体様子が知れるだろうと、わしは盲目のように、両手を一杯にのばして、さぐり足で歩きはじめた。

壁がある。だが、なんという粗雑な壁だろう。まるで石垣みたいだ。壁をつたってしばらく行くとヒヤリとつめたい鉄の板にぶつかった。さぐってみると、どうやら扉らしい。非常に大きな、頑丈な扉だ。

変だぞ。わしは一体全体どこにいるのだろう。

ああ、わかった。わしは何というばかな思いちがいをしていたのだ。わしの家の墓場は、普通の土の中ではなくて昨日もお話ししたとおり、その地方で「殿様の墓」といわれている、西洋風の石室だ。小山の中腹を掘って、石を積み重ね、漆喰でかためた、一種の穴蔵なのだ。そこに、先祖代々の棺が安置してあるのだ。

と悟ると同時に、わしは、あまりの恐ろしさに、ゾッと身ぶるいをした。もうだめだ。とても二度と娑婆《しゃば》の光を見る望みはない。

棺は破って破れぬものでもない。だが、この穴蔵は一人や二人の力では、絶対に破るみこみがないのだ。コンクリートの地下室同然の穴蔵が、どうして破れるものか。たった一つの入口は、厚い鉄扉《てっぴ》でとざされ、外には頑丈な錠前がついている。だが待てよ。もしかしたら、錠をおろすのを忘れていないともかぎらぬぞ。わしは、その扉を力のかぎり押しこころみた。身体全体でぶつかってみた。だが、ゴーン、ゴーンと不気味な反響が起こるばかりで、扉はビクともしない。やっぱり錠がおりているのだ。

望みは絶えた。

わしの一家に死人でもないかぎりは、五年、十年、あるいは二十年、扉が開かれるみこみは絶えてない。

ああ、神様、あんたは何というむごいことをなさるのだ。なぜわしを甦らせてくだすったのだ。一度生かしておいて、さらに殺しなおすおつもりですか。死の苦しみを二度なめさせてやろうというわけですか。

しかも、今度の死は、崖から落ちるような楽なものではない、餓え死《うじ》にだ、ジリジリと、一分ずつ一寸ずつ、命をけずられるのだ。あまりといえば、むごたらしいなさり方だ。

わしの生前に、悪業《あくぎょう》があったのですか。わしは友達を愛した。妻をかわいがった。だが、人間はもちろん、虫けらさえも、故《ゆえ》なく苦しめた覚えはない。それに、それに、このような、ためしもない地獄の呵責《かしゃく》を受けなければならぬとは。

わしはいやだ。一度の死は、悲しくとも苦しくとも、何人《なんぴと》もまぬがれぬところだ。苦情はいえぬ。だが、一度死んだのではたらず、人間最大の苦しみを二度までくり返さねばならぬとは。いやだ、いやだ。わしはとても我慢ができない。どんなことをしてでも、この穴蔵を出ないでおくものか。

わしは気ちがいのように、出るかぎりの声をふりしぼってわめいた。わめきつづけた。はては、子供のようにワアワアと泣きだした。塩っぱい涙が、口の中へ流れこんだ。

だが、わしの破《わ》れるような叫び声、泣き声は、四方の壁にこだまして、二倍三倍の怪音となって、わし自身の耳にはね返って来るばかりだ。穴蔵は淋しい郊外の小山の中腹にあるのだ。そこの細道は、わしの家の葬式のほかは、めったに人の通らぬところだ。いくら叫んだとて、誰が助けに来るものか。また、たといわしの声を聞きつけるものがあったとしても、その人はわしを助け出すどころか、かえって気味わるがって、一目散《いちもくさん》に逃げ出すにきまっている。

泣いても、わめいても何の効果もないと悟ると、今度はあやめもわかぬ闇の中を、棺につまずき、石垣に突きあたりながら、滅多無性《めったむしょう》に走りまわった。どこかに、壁の隙《すき》間《ま》でもないかと、だめだとわかっていても、探しまわってみないではいられぬのだ。走りまわるうちに、わしは方角を失ってしまった。出口はどちらなのか、さっき破った棺はどの辺にあるのか、探れども探れども、手にふれるものとてない。わしは、冥途《よみじ》のような暗闇のまん中に、一人ポツンと取り残された。

この闇が、どこまでも、永遠の彼方まで続いているのではないかと思うと、何ともいえぬ淋しさに、身がすくんだ。

わしは、音もなく、色もない暗黒世界の恐ろしさを、あの時ほど痛切に感じたことはない。

今までは、逃げ出そうと、夢中になっていたので、さほどでもなかったが、いざ、この暗黒世界から、永久に出られぬ運命ときまると、闇の怖さが身にしみた。墓場とはいっても、そこに眠っているのは、わしの先祖の死骸ばかりだ。それは別にこわいとは思わぬ。ただ、なんにも見えぬということが、なんにも聞こえぬということが、かぎりのない恐怖となって、ひしひしと身に迫った。

ああ、光がほしい。蛍火《ほたるび》ほどの光でもいい。何か目に見えるものがなくては、我慢ができぬ。同じ死ぬなら、光の下で死にたい。こんな暗闇の中で死んだなら、極楽への道もわからず、まごまごと迷い歩いて、地獄に堕《お》ちるほかはないであろう。ああ、恐ろしい。

わしはじっとしていられなかった。といって、いくら走りまわったところで、闇はつきぬのだ。よみじの外へは出られぬのだ。

大宝庫

光、光、光、と、ただそのことばかり思いつめていると、ふっと、天の啓示《けいじ》のように、わしの頭にひらめいたものがある。

わしは少年時代の不思議な記憶を思い浮かべたのだ。

十七歳の時であった。わしは父の棺を送って、この穴蔵へ来たことがある。そのとき坊さんが穴蔵の中で経を読んだ筈だ。何の光で読んだのだろう。そうだそうだ。あのときは奇妙な外国渡りらしい燭台《しょくだい》が棺の前に立っていた。あれはお寺のものではない。わしの家のものだ。その癖《くせ》、わしはあんな奇妙な燭台を家の蔵の中で一度も見たことがない。とすると、もしやあれは、いつも墓穴の中に置いてあるのではなかろうか。きっとそうだ。きっとそうだ。

あの燭台があれば、ひょっとしたら、蠟燭《ろうそく》の燃え残りがないとはいえぬ。

わしは、この一縷《いちる》の望みにふるいたった。今度は無見当に走りまわるのではない。壁をつたって、注意深く、穴蔵の中を一周してみることにした。

わしはもう、ドキドキしながら、まるで富籤《とみくじ》でもひくような気持で、ソロソロと歩きだした。そして、穴蔵を半周《はんしゅう》したかと思う頃、つめたい金属の棒が手にふれた。

わしの嬉しさを察してください。あったのだ。燭台があったのだ。しかも、その上の蠟燭立てには、三本のもえ残りの蠟燭まで揃っていたではないか。

わしは夢中になって、あわただしく袂《たもと》に手をやった。いつもそこにマッチがはいっているからだ。ところが、ああ、何ということだ。神様、神様。わしはどうしてこうまで不幸なのだ。

だが考えてみれば、それに気づかず、夢中になって喜んだのが馬鹿であった。普段着を着て棺にはいっている死骸はない。わしは経帷子《きょうかたびら》をきせられていた。経帷子の袂にマッチなぞがはいっている道理がないのだ。

だが、みすみす、蠟燭にさわっていながら、たった一本のマッチがないために、光を見ることができぬとは、あんまりむごたらしい運命ではないか。

わしは腹立たしさに、重い燭台を取って、力まかせに地上に投げつけた。と、燭台そのものの音のほかに、カチャンという軽い物音が聞こえた。おや、あれはなんだろう。燭台の上に何かのせてあったのではあるまいか。燭台に普通のせるものといえば……おお、マッチだ。マッチにちがいない。蠟燭に火をつけたマッチを、そのまま燭台にのせておくのは、誰でもやることだ。

わしは石畳みの地面を這いまわった。暗闇で小さい物を探すのはむずかしい。だが一念は恐ろしいものだ。とうとうそれを見つけた。いや、さぐりあてた。案のじょうマッチ箱だ。

わしはふるえる指で、それをすった。パッと火薬が爆発したような、恐ろしい火光《かこう》が目を射た。燭台を立てて、三本の蠟燭に点火した。穴蔵の中が、日の出のように明るくなった。闇に慣れた身には、まぶしくて目をあけていられぬほどだ。

わしはその光で、穴蔵の中を見まわした。壁にそって十幾つかの棺がズラリと並んでいる。皆わしの先祖だ。

だがお話ししたいのは、棺のことではない。そんな陰気な話ではない。

仕合わせは仕合わせを呼ぶとはよくいったものだ。一度燭台という仕合わせにぶつかると、それが原因となって、矢つぎ早に第二の仕合わせが押しかけて来た。しかもそれは、第一のものにくらべて百倍も千倍も、いやいや、恐らく百万倍もでっかい仕合わせであった。

蠟燭の光は、さいぜんわしが破った棺を照らしていた。わしはそれを見た。すると、そのすぐ横に、もう一つ、蓋のとれた大寝棺がころがっているではないか。

おや、わしのほかにも、生き埋めになった奴があるのかしらんと、不思議に思って目をこらすと、棺の中には、何やらウジャウジャとはいっている。死骸ではない。キラキラ光るものだ。

地面にも、それがこぼれ落ちて、まるで金色の砂のように美しく光っている。

わしは「アッ」と声をあげて、かけよった。地面の砂金をすくいあげた。棺の中の光る物を手にとった。

金だ。金貨だ。日本のもの、シナのもの、どこの国ともわからぬもの、大小さまざまの金貨、銀貨、指環《ゆびわ》、腕環《うでわ》、種々さまざまの細工物《さいくもの》、鹿皮の袋を開けば、目もくらむ宝石の数々。恐らく何十万(注3)という財宝だ。ひょっとしたらもう一段桁《けた》がちがうかも知れない。

わしはフラフラと目まいがした。嬉しいどころか、恐ろしかった。なぜといって、こんな場所に、そのような財宝がたくわえてある筈がないからだ。穴蔵の恐怖に耐えかねて、わしの頭がどうかしたのだ。夢を見ているのだ。でなければ、気がちがったのだ。

わしは頬をつねってみた。コツコツと頭を叩いてみた。だが、別に異状はなさそうだ。おかしいぞ、わしの破った棺も、先祖の棺も、石の壁も、ちゃんとそのまま目に映っている。それに、この金貨の棺だけが幻《まぼろし》だとは、どうにも信じられぬではないか。

待てよ。

さっき棺を破った時、何か重いものが落ちたような地響きがしたぞ。それから、バラバラと固いものが頭の上から降って来たぞ。おお、あれだ。あれがこの宝の棺だったのだ。

と気づいて、見上げると、案のじょう、壁の上部に棚のようなものがあって、その脚《あし》の丸太ン棒が一本だけ倒れている。

わかった、わかった。わしが棺から飛び出す勢いで、この丸太をつき倒したのだ。それで棚がかたむいて、上にのせてあった宝の棺が落ち、その拍子に蓋がとれてしまったのだ。

こうまでつじつまの合った夢なんて、あるものでない。すると、やっぱりほんとうかな。それにしても、墓場にこれほどの財宝が隠してあるとは、なんとも合点《がってん》のいかぬことだが……と、ボンヤリ目を動かしていると、ふと注意をひいたものがある。宝の棺の側面に、一寸ほどの、まっ赤な髑髏《どくろ》が描《か》いてある。それが何か紋章《もんしょう》のような感じなのだ。

「紅《べに》髑髏」「紅髑髏」おや、どっかで聞いた覚えがあるぞ。ハテ、なんであったか。……ああ、そうだ。海賊の紋だ。十何年というもの、官憲の目をくらまし、シナ海一帯に暴威を振るっていた海賊王、朱凌谿だ。わしはそれを人にも聞き新聞でも読んで覚えていた。

さては、わしの家の墓穴が、あの有名な海賊の宝庫に使用されていたのか。不思議なこともあるものだ。しかし、考えてみれば、かならずしも不思議ではないて。いつ捕えられるか分からぬ海賊稼業には、こうした秘密の蔵が必要かもしれない。あわよくば刑期をすませて、その財宝を取り出し、余生を贅沢《ぜいたく》に暮らすこともできるのだからな。それには自国のシナよりも、日本の海岸が安全だ。しかも、墓穴の中なれば、十年に一度、二十年に一度しか人がはいらぬし、はいったところで不気味な場所を、わざわざ調べて見るものもない。ああ、墓穴を宝の隠し場所とはさすがは賊をはたらくほどの男、よく考えついたものだ。

いよいよわしの目に間違いはない。わしは生き埋めにされたばっかりに、巨万の富を手に入れることができたのだ。

わしは棺のそばにうずくまって、子供のように金貨をもてあそんだ。金貨は皆小袋にはいっていたのだが、棺の転落とともに、袋の口が破れて、一面にあふれ出したのだ。わしは丹念《たんねん》にそれを元の袋へつめこんだ。そして、まるで子供のように、一つ二つとかぞえながら、その袋を取り出しては地面に積みあげた。総計五十八箇だ。しかもその上、袋をのけた棺の底には、主として日本、支那のおびただしい紙幣《しへい》のたばが、まるで紙屑《かみくず》のようにおしこんであったではないか。

嬉しさにかぞえてみると、日本の紙ばかりで三万いくらあった。支那紙幣、金銀珠玉を通計したら、恐らく百万円(注4)は下らぬであろう。

餓鬼道《がきどう》

しかし、これは賊とはいえ、他人の宝ではないか。大牟田子爵ともあろうものが、賊の盗みためた財産を横取りするわけにはいかぬ。そうだ、警察へ知らせてやろう。海賊には恨まれるかもしれぬけれど、これだけの財宝を、いたずらに埋もれさせておくのは意味のないことだ。よしよしそれにきめた。

わしはひとりで合点しながら、その警察へでも出頭する気か、フラフラと立ち上がって、歩きだそうとした。そしてハッとわれに返った。

ばかめ、何を考えているのだ、警察どころか、一歩だって、この穴蔵から出ることはできぬではないか。

「金ならいくらでもやる。助けてくれ」

もしこれが人里離れた穴蔵でなかったら、一《ひ》と声《こえ》叫びさえすれば、四方から救いの手が集まって来るだろう。

「わしは、百万円持っている。これをみんなやるから、ここから出してくれ」

もしこの穴蔵に主人があって、わしが監禁されているのであったら、その一とことで、たちまち自由の身となることができるものを。

と思うと、巨万の富も、このような場所では、石ころ同然であることがわかって来た。百万金よりも、一片のパンの方がありがたい。一杯の水の方が望ましいとは、何という変てこな立場であろう。事実、わしはペコペコに腹がへっていたし、痛いほどのどがかわいていたのだ。

まるで夢か、お伽噺《とぎばなし》みたいな、莫大な財宝の発見に、一時は有頂天《うちょうてん》になっただけに、それが、ここでは石ころ同然だとわかると、わしは、ガッカリしてしまった。

何という運命のいたずらであろう。失望させておいて喜ばせ、喜ばせたかと思うと、今度はまたもやさか落としに奈落《ならく》の底だ。そのたびごとに、わしの苦しみは、恐れは、悲しみは、二倍になり三倍になっていくのだ。

わしは、百万円の棺にもたれて、グッタリとしたまま、長い長い間、身動きもしなかった。他人が見たならば、きっと「絶望」という題の彫刻そのままであろう。絶望の極《きわみ》、智恵も力もぬけてしまったのだ。

と、その虚《きょ》に乗じて、女々しい感情が群がりおこる。わしの無表情なうつろの目から、涙ばかりが、止めどもなく流れだした。

瑠璃子！　瑠璃子！　あれは今頃、どうしているだろう。彼女もやっぱり、あの美しい頬に涙を流して、いとしい夫の死を悲しんでいるのかしら。ああ、なつかしい泣き顔がありありと見えるようだ。

瑠璃子！　瑠璃子！　泣くのじゃない。泣いたとて返らぬことだ。生き残ったお前には、やがて楽しい日がまわって来るだろう。何も泣くことはないさ。さア、涙をふいて。笑っておくれ。お前のかわいらしい笑顔を見せておくれ。

ああ、瑠璃子が笑った。あの笑顔。百たびも、千たびもその美しい額《ひたい》に、頬に、唇《くちびる》に、胸に、口づけをしてやりたい。

だが、今は、永遠にそれのかなわぬ身の上だ。わしはよよと泣きふした。泣いても泣いても泣きたりなかった。

たった壁一重《ひとえ》だ。鉄扉一枚だ。その外にはあたたかい娑婆の風が吹いている。日も照り月も輝いている。そのたった一重の障害物を突き破りえないかと思うと、人間の無力がつくづくなさけなくなった。

わしはふと、かつて読んだ大デュマの「巌窟王《がんくつおう》」という小説を思い出した。その主人公のダンテスは、十何年というもの地下の土牢《つちろう》へおしこまれていたのだ。

わしはつい、あのダンテスと自分の身の上をくらべてみた。一体どちらが不幸だろう。ダンテスには恐ろしい獄卒《ごくそつ》の見張りがあった。だが見張りがある方がまだしも仕合わせだ。ひょっとして、頼みを聞いて、自由を与えてくれまいものでもないからだ。このわしには頼もうにも獄卒がいないではないか。

獄卒がいなければ、三度の食事を運んでくれるものもない。ダンテスは餓死する心配がなかったのだ。従って、あの固い漆喰壁を掘って、気長な脱獄をくわだてることもできたのだ。

わしだとて、十日二十日もかかれば、この石壁を掘り破ることもできるであろう。だが、わしには弁当を運んでくれる人がないのだ。

ああ、何というみじめな身の上であろう。あの恐ろしい物語の主人公ダンテスさえうらやましく思わねばならぬとは。

しかし、かなわぬまでも！

わしはふとダンテスの故智《こち》を学んでみる気になった。蠟燭を地上に立てて、鉄製の燭台を武器に、石壁にぶつかってみた。わしは、汗みどろになって、泣きながら、うなりながら、燭台をふるった。休んでは始め、休んでは始め、一時間ほども、石壁と戦った。

だが、ああ、なんのことだ。わしは蠟燭のつきることを勘定に入れていなかった。漆喰に五、六分ほどの深さの穴ができたと思う頃、またしても穴蔵の中は真の闇に包まれてしまった。

手さぐりでは仕事ができぬ。ダンテスには窓の光があったのだ。光もなく、食もなく、どうして仕事が続けられるものか。しかも、石壁はけっして一重ではない。厚さ一尺以上もある頑丈なものだ。

わしは、地上へ倒れふしてしまった。もう泣かなかった。泣こうにも、からだじゅうの水分が、一時間の労働で出つくしてしまったのだ。涙の源《みなもと》がかれはてたのだ。

数時間の間、わしは死んだように動かなかった。わしはウトウトと夢を見ていた。

甘そうに、ホカホカと湯気の出ている饅頭《まんじゅう》の山を見た。笑ましげに、わしによりそって来る瑠璃子の姿を見た。なみなみと水をたたえた池を見た。食慾と愛情とが、交互にわしを責めさいなんだ。

やがて、空腹はついに肉体的な痛みとなって現われて来た。胃の腑がえぐられるように、キリキリと痛みだした。

わしは、しわがれた声をふりしぼって、のたうちまわった。死にたい、死にたいと叫びつづけた。死にまさる苦しみにたええなかったのだ。

では、自殺をすればよいではないか。

事実、わしは自殺をくわだてた。刃物がないので、例の燭台の先で胸をつこうとした。だが、皆さん、いくら苦しいからといって、ピストルか、刃物ならともかく、燭台などで自殺ができると思いますか。あんまりむごたらしい話ではありませんか。

わしはとうとう自殺を思いとどまった。そして、そのかわりに、自殺よりも恐ろしいことを考えだした。

ああ、わしはこれだけは云いたくない。死ぬほど恥かしいのだ。しかし、嘘《うそ》があっては告白にならぬ。思いきって言ってしまおう。

わしはね、暗闇の中を、燭台を手にして、ノソノソと這いだしたのだ。

少し這うと、並んでいる先祖の棺のうち一ばん手前の一つにぶつかった。

それがわしの目的物であった。わしはいきなり燭台をふり上げて、その棺の蓋の上に打ちおろした。一《ひ》と振《ふ》り、二た振り、やがて、メリメリと音がして、蓋の板が破れた。

皆さん、わしはいよいよ気が違ったのだ。遠い遠い先祖の野獣に帰ったのだ。わしは、その棺を破って、一体全体何をするつもりであったと思います。

肉食獣

わしはとうとう自殺をあきらめた。そして、自殺するかわりに、じつに今思いだしても身の毛もよだつ恐ろしいことを考えついた。

昨日もお話ししたとおり、その墓穴には、わしの一家の先祖代々の棺が、ズラリと並んでいた。奥の方から順番に並べて行く慣例だから、一ばん手前の棺が、一ばん新しい死人を葬ったものに相違ない。

わしは十七歳の折父の葬式に列したきり、この墓穴へ近づいたこともないけれど、ここへはわしの分家のものなども埋葬されることになっていたから、一ばん手前の棺には、存外新しい死骸がはいっているかも知れぬ。エエと、わしの親戚で、ごく最近なくなったのは誰であったか。

おお、そうだ。分家の娘のお千代が死んでいる。分家といってもわしの家とは永らく仲たがいになっていて、日頃あまり行き来をせぬけれど、墓場だけは、先祖からのならわしで、ここへ葬ったのをちゃんと覚えている。

それを知ると、わしはもう、たまらなくなった。ほんとうに腹のへった気持を知らぬ皆さんには、この時のわしの喜びを想像することはできまい。まさか、なんぼなんでもと、皆さんはきっと顔をしかめるだろう。

だが、あさましいことに、わしはニヤニヤと笑いだしたのだ。肉食獣が獲物を見つけた時のように、われを忘れて、鼻をヒクヒクさせ、舌なめずりをはじめたのだ。

わしは金属製の燭台を握ると、ゴソゴソとその新しい棺の方へ這いよって行った。どうして蓋をこじあけたのか、もう無我夢中であった。

わしは、ムチムチと肥えふとった、若い娘の肉体を幻に描いていた。それが非常な魅力で野獣の食慾をそそった。わしは恐ろしい肉食獣になりはてていたのだ。

蓋をこじあけると、片手をさし入れて、中をさぐりまわした。まず指にふれたのは、つめたいふさふさとした髪の毛であった。わしはもう、喉をグビグビいわせながら、嬉しさに夢中になって、その髪の毛をにぎりしめ、グイと持ち上げようとした。

持ち上げようとした拍子に、わしは力あまって、うしろへ倒れてしまった。髪の毛の根もとには何《な》んにもなかったのだ。肉が腐って、ぬけ落ちたのであろうと、さらに手を入れてさぐってみると、いきなりゴツゴツした固いものにさわった。なでまわしてみると、乾ききった頭蓋骨《ずがいこつ》だ。洞穴のような二つの眼窩だ。唇のないむき出しの歯並だ。

胸にも腹にも、カラカラの骨のほかには、柔《やわ》らかいものは少しもない。肉も臓腑も、蛆虫《うじむし》のために食いつくされ、その蛆虫さえ死に絶えてしまったものであろう。

ああ、その時のわしの失望はどれほどであったろう。若い娘のふくよかな肉体を幻に描いて、夢中になって、わずかに残っていた最後の精力を使いはたしてしまったのだ。絶望の極、もう身動きをする力もなかった。棺の中へ手をさし入れたままの姿勢でグッタリとなってしまった。だが今から思うと、それがわしにとっては非常な仕合わせであった。

あの時、棺の中に少しの腐肉《ふにく》でも残っていたら、わしはきっと、その蛆のわいた人肉を、手づかみにして、ムシャムシャやっていたにちがいないからだ。人として人の肉をくらう、世にこれほど罪深く、あさましいことがあるだろうか。わしはもう、ただそれだけの理由で、二度と世間に顔をさらす勇気が失せてしまったであろう。

しかし、それはあとになって考えたこと、当時は心がひもじさで一杯になって、良心もなにも、どっかへおし出されてしまっていたので、仕合わせに思うどころか、絶望の極、メソメソと泣きだしたものだ。泣いたとて、もう涙も流れぬ。声も出ぬ。顔の筋肉をできるだけしかめて、泣いている表情をするばかりだ。

しばらくは、そうしてグッタリとなっていたが、何となくあきらめきれぬ心がわいて来た。人間の生きようとする執念深さはどうだろう。わしはまた燭台をにぎって立ち上がった。筋肉に立ち上がるだけの力が残っていたわけではない。ただ生きようともがく本能力《ほんのうりょく》が、わしを動かしたのだ。

わしはもはや人間ではなかった。野獣でさえもなかった。いわば胃袋のお化《ば》けであった。不気味にも執拗なる食慾の権化《ごんげ》であった。

どこからあのような力が出たのであろう。わしはまるで機械のように、順序正しく、十幾つの棺の蓋をこじあけては中をさぐり、こじあけてはさぐりしていった。もしや、何かの間違いで、その中に新しい死人の棺がまじっていはしないかと念じながら。

だが、むろん、それは空頼《そらだの》みに過ぎなかった。どの棺もどの棺も、中にはカサカサにくずれ干からびた骸骨ばかりであった。

そうして、わしはとうとう、墓穴の一ばん奥の棺に達した。恐らくこれが、この呪わしい洞窟を考案した先祖の棺であろう。蓋を開いて見るまでもない。骸骨にきまっている。わしはよっぽど開かないでおこうかと思った。しかしわしの執念は、理性を超越して、自動機械みたいに依怙地《えこじ》になっていた。わしは、その最後の棺さえもあばきはじめた。

あとになって考えて見ると、その棺の中に眠っていた、異国風の墓地を考案した先祖の霊が、このようなむごい目を見せたわび心に、気力のつきたわしを励まして、その最後の棺に導いてくれたのかもしれない。

もし一つ手前の棺であきらめてしまって、最後の棺を開かなんだら、わしはこうして、今まで生きながらえていることは思いもよらなかったであろう。その最後の棺が、わしの救い主であった。

わしは棺の蓋をこじあけた。いや、こじあけたのではない。この棺だけは、不思議なことに燭台の先を、ちょっとあてたばかりで、釘《くぎ》が打ってないのかと思うほど、手答えもなく、やすやすと開いた。わしはどうせ骸骨にきまっているとあきらめはてた気持で、片手を中にさし入れ、さぐりまわしてみた。

ところが、いくらなでまわしても、どうしたわけか、中には何もないのだ。骸骨はもちろん、棺の底さえガランドウで、どこまで行っても手先にぶつかる物がないのだ。

わしはギョッとして、思わず手をぬき出すと、そのままじっと身をすくめていた。この棺にはたしかに底がないのだ。底がないばかりか、その下に漆喰の床も、土さえもないのだ。気がつくと棺の上によりかかったわしの顔へ、下の方から、つめたい風がソヨソヨと吹きあがって来る。

思考力の衰えているわしは、急にはその意味を悟ることができなかった。棺の底がなくて、下から風が吹いて来るという、不思議千万な事実が、わしを怖《こわ》がらせた。もしやほんとうに気がちがって、こんな不合理な錯覚《さっかく》を感じるのではあるまいかと、わが身が恐ろしくなった。

だが、間もなくチラッとわしの頭にひらめいたものがある。海賊朱凌谿は、あの宝物をどうしてこの墓穴の中へ運びこんだかという疑問だ。正面の扉は特別の鍵がなくては開く筈がないし、四方の壁は、どこに一カ所隙間もない。

どこかに彼らだけの知っている秘密の通路がある筈だ。ああ、どうしてわしは、今までそこへ気がつかなかったのであろう。早くその秘密の入口をさがせばよかったのだ。

いやいや、さがしたとて、見つかる筈がない。先祖のお導きがなかったら、永久にこの通路をさがしあてることはできなかったであろう。それにしても、何という巧みな思いつきだ。棺の底を掘って、秘密の出入口をこしらえておくとは。上から見たのでは何の異状もないのだから、わしのような特別の場合のほかは、先祖の棺をあばく不孝者はない筈だ。したがって、賊のこの秘密の出入り口は永久に安全なのだ。さすがは海賊王、じつにうまいことを考えたものではないか。

わしが今日《こんにち》、こうして皆さんにお話ができるのも、まったく海賊朱凌谿のおかげだ。彼が作っておいてくれた抜け穴のおかげだ。

わしのその時の嬉しさを察してください。絶望の極、神を呪い、自殺さえしようとしたわしだ。苦しみがひどかっただけに喜びも大きかった。

わしはもう自由の身だ。いとしい妻にも会える。親友の川村と話をすることもできる。もとの楽しい生活がわしを待っているのだ。わしはあまりの幸福に、何だか嘘みたいな気がして仕方がなかった。夢ではないかしら。夢ならさめるな。この歓喜のあとで、もう一度絶望が来たら、わしはたちどころに死んでしまうだろうから。

わしは嬉しさにガタガタふるえながら、両手を棺のふちにかけて、中のほら穴へ足を入れ、ソッと探ってみると、あった、あった。土を掘った階段のようなものに足の先がさわった。もう間違いはない。わしはいよいよ助かったのだ。

白髪鬼

棺の底の階段を降りて、まっ暗な狭いトンネルを這って行くと、ポッカリ山の中腹へぬけ出すことができた。入口は灌木《かんぼく》の茂みに覆われ、外からはまったく気づかれぬようになっている。まず頰にあたるのは吹きなじみの海の風だ。その風をなつかしくすいこみながら、茂みをわけて這い出してみると、中天に皎々《こうこう》たる月がかかり、見おろす海面には、美しい銀波がおどっている。さては夜であったか。ありがたい、ありがたい。この異様な経帷子の姿を、人に見られなくてもすみそうだ。

それにしても一体何時頃かしら。町の方を眺めると、燈火がイルミネーションのように美しく輝いている。ザワザワと盛り場を歩く人声さえ聞こえるようだ。まだ宵《よい》のうちにちがいない。

小山の麓《ふもと》に、糸のような小川が、月の光に、チロチロと輝きながら流れている。ああ、水だ。今こそ幻でない本物の水にありついたのだ。

わしはころがるように、小山を下って、小川のふちへ這いよった。何という美しい水だ。何というつめたい水だ。何というおいしい水だ。

両手で掬《すく》うと、手の中で月がおどった。わしはその銀色の月もろとも、甘露《かんろ》のような水を飲んだ。掬っては飲み掬っては飲み、胃袋がつめたく重くなるほど、何杯でも何杯でも飲んだ。

あきるまで水を飲むと、わしは両手で口をふきながら、川べりにシャンと立ち上がって、遠くの町の灯を眺めた。

ああ、何たる歓喜！　わしは今こそ、もとの大牟田子爵に返ったのだ。美しい瑠璃子の夫だ。才人川村の友達なのだ。そして町第一の名望家として、市民の尊敬を受ける身の上だ。

わしはかつて、地獄岩から落ちるまでの、新婚生活の二年間を、この世の極楽だといったけれど、今の喜びにくらべては、あんなものは何でもない。あれが極楽なら、今の気持は極楽の極楽の極楽だ。

わしは中天《ちゅうてん》の月に向かって、胸一杯の歓喜の叫びを上げた。嬉しさに、何かしら怒鳴らないではいられなかったのだ。神様許してください。墓穴の中で、あなたを呪ったわたしの罪を許してください。神様はやっぱりわたしを見守ってくださったのだ。おお、神様、わたしはあなたに、何といってお礼を申しあげたらよいでしょう。

さアこうなると一刻も早く瑠璃子の顔が見たい。あれはわしが生き返ったのを見て、どんな顔をするだろう。いつもの笑顔を十倍も嬉しそうにくずして、いきなりわしの胸へ飛びついて来るにちがいない。そして、わしの頸《くび》を両手でしっかりしめつけて、嬉し泣きに泣きだすことだろう。それを思うとわしはもう、胸がワクワクしてくるのだ。

しかし待てよ。まさかこの身なりでも帰れまい。町の古着屋でともかく着物を着かえて行くことにしよう。それから食事だ。邸に帰るなり妻の前でガツガツ飯を食うのも、きまりがわるい。服装をととのえた上、どこか場末の小料理屋でコッソリ腹をこしらえて帰ることにしよう。

妻に何の遠慮があろう。経帷子で帰るのが世間体《せけんてい》がわるければ、使いをやって、妻に着物を持って迎えに来させればよいではないか。皆さんはそうお考えなさるかも知れぬ。理窟はそれにちがいない。だが、わしは恥かしながら妻に惚れていたのじゃ。腹がへってやせおとろえ、土まみれの経帷子の姿では、どうにも会いたくなかったのだ。せめて湯にでもはいって、髭でもあたって、日頃の大牟田子爵になって帰りたかったのだ。

わしは、そう心をきめると、もう一度墓穴に取って返し、例の海賊の財宝の中から、日本の紙幣《しへい》を少しばかり抜き出して、それをふところに入れて、町の方へ歩き出した。

仕合わせなことに、わしは町の入口で、一軒のみすぼらしい古着屋を発見した。

いきなり、ツカツカとその店へはいって行くと、薄暗い電気の下で、コクリコクリ居眠りをやっていた老主人は、ハッと目をさまし、わしの異様な姿を見て、あっけにとられた体《てい》だ。

白木綿の経帷子は、襦袢《じゅばん》だといえば、それでも通る。わしは舟からおちて、着物をぬらして困っているのだと、妙な云いわけをして、古着を売ってくれるように頼んだ。海岸の古着屋には、そんな客が間々《まま》あると見え、相手はさまで怪しまず、一枚の(注5)古袷《ふるあわせ》を出してくれた。

「それはお困りでしょう。一時の間に合わせなら、この辺のところでいかがでしょう」

わしはその着物を見ると、なさけなくなった。

「なんぼ何でも、それじゃ、あんまり地味すぎるよ」

というと、亭主は妙な顔をして、ジロジロわしを眺めていたが、

「アハハハハ、地味じゃございませんよ。あなたのお年配《ねんぱい》なれば、ちょうどこの辺のところがお似合いです」

わしはそれを聞くと、びっくりした。古袷は五、六十の爺さんの着るような縞柄《しまがら》だ。それがわしに似合いだとは、あんまり失敬な言い草ではないか。

よっぽど叱りとばしてやろうと思ったが、この親爺《おやじ》があんなことをいうところをみ

ると、ひょっとしたら墓場の中の苦しみで、わしの相好《そうごう》が変わり、年寄りじみてみえるのかも知れぬと気づいたので、鏡はないかとたずねると、土間の突き当たりに古ぼけた姿見《すがたみ》がかかっているのを、教えてくれた。

わしは何気なくその鏡の前へ歩いて行って、そこに映るわが姿を眺めると同時に、ゾッとして立ちすくんでしまった。

鏡に映っているのは、わしではない。見るも恐ろしい怪物だ。わしは、もしやどこかにそのような怪物が立っていて、それが鏡へ映っているのではないかと、思わずあたりを見まわしたが、むろん誰もいるはずはない。

わしはためしに右手を上げて、頭にさわって見た。すると、どうであろう。鏡の中の怪物も、同じように手を上げたではないか。ああ、その怪物こそわしの変わりはてた姿であったのだ。

二つの洞穴のように、ものすごく落ちくぼんだ目、やせおとろえて、頬骨が飛びだし、みにくい筋だらけになったむごたらしい容貌、そこへ持って来て、何よりもゾッとするのは、日頃自慢の濃い黒髪が、一本残らず銀線を並べたような白髪に変わっていたことだ。何のことはない。地獄の底からはいだして来た、一匹の白髪の鬼だ。子供が見たら泣きだすであろう。町を歩いたら、往き来の人が逃げだすであろう。ああ、この恐ろしい白髪の鬼が、わしの顔であろうか。

思いだされるのは、昔ナイヤガラの大瀑布《だいばくふ》を、小さな鉄製の樽《たる》にはいって流れくだった男の話だ。莫大な賭金《かけきん》を得るための命がけの冒険であった。彼は首尾よく滝をくだって、賭金をせしめたが、瀑布の下流で、救いの舟に拾い上げられた樽の中から、ヘトヘトになって這いだして来た男を見ると、人々はアッと驚きの叫び声を立てないではいられなかった。ついさっき滝の上流で樽へはいる時までは、ふさふさとした赤毛の若者であったのが、滝を落ちる一瞬間に、すっかり、白髪になってしまっていたからだ。

世の常ならぬ恐怖が、またたく間に人の髪を白くする一例として、わしはその話を読んだことがある。

それだ。わしの場合がやっぱりそれなのだ。あの墓穴の中での、わしの苦悶恐怖は、けっして、けっして、ナイヤガラを飛びくだった男のそれにおとるものではない。じつに歴史上に前例もないような、恐ろしい経験であった。相好の一変したのも無理ではない。髪の毛がまっ白になってしまったのももっともだ。

それにしても、ああ、なんというなさけない姿であろう。これが昨日までの大牟田子爵その人かと思うと、あまりのみじめさに、泣かずにはいられぬのだ。

さっき墓穴をぬけ出した時の喜びは、たちまちにして、底知れぬ絶望と変わってしまった。わしはこの顔で、この姿で、瑠璃子に対面する勇気はない。彼女は一目《ひ め》見てあいそをつかすだろう。いや怖がってそばへよりつかぬかもしれぬ。たといまた、彼女の方であいそをつかさずとも、このみにくい老人が、あの美しい瑠璃子の夫として、平気で同棲していられるものか。それでは、あれがあんまりかわいそうだ。わしが鏡の前に立ったまま、いつまでもじっとしているものだから、古着屋の主人はもどかしがって、

「お客さん、どうですね。この袷じゃ気に入りませんかね」と声をかけた。

わしはハッとして我れに返って、どぎまぎしながら、

「いいとも、ちょうどわしに似合いだよ。それで結構だよ」

白髪の老人が、あの縞柄を地味だと不平をいったかと思うと、わしは気恥かしくなって、泣きだしたいような気持で答えた。

主人から古袷を受け取って、経帷子の上に重ね、ついでに帯も一本出してもらって、それをしめると、わしはもう一度鏡の前に立った。まるで刑務所から放免されて、（注6）差《さし》入れ屋《いや》で着かえをしたという恰好だ。ああ、この姿では、どんな親しい友達だって、わしを大牟田子爵と思うものはあるまい。川村でも、妻の瑠璃子さえも、よもやこの老

人がわしだとは見破りえまい。

わしはふと試してみる気になって、老主人にたずねた。

「お前さん。大牟田子爵をごぞんじかね」

すると老人は、やっぱり以前のわしを知っていたと見え、

「知らないでどうしましょう。もとの殿様の若様ですからね。大変評判のよい方でしたが、惜しいことをしました」

と答えた。

「惜しいことといって、どうかなすったのかね」

わしは何食わぬ顔でたずねて見た。

「地獄岩から落ちて、おなくなりなすったのですよ。あなたは他国の方と見えますね。それとも新聞をごらんなさらないのですか。それは大変な騒ぎでしたよ」

「ヘエ、そうかね。で、そのなくなられたのは、いつのことだね」

「今日で五日になりますよ。ああ、ここにその日の新聞が取ってあります。これをごらんなされば、くわしくわかりますよ」

老人は云いながら、一枚の地方新聞を取ってくれた。見ると驚いたことには、三面の半分ばかりわしの記事で埋まっている。妻と並んで写した大きな写真ものってい

る。ああ、なんということだ。わしの死亡記事を、わしが読んでいるのだ。しかも、そこにはわしの写真がデカデカとのっているのに、古着屋の主人は、その写真の主《ぬし》がこのわしであることを、少しも気づかぬのだ。こんな不思議な境遇《きょうぐう》がまたとほかにあるだろうか。

わしは悲しかった。いや、あんまりみじめな我が境遇がおかしいくらいだった。

「ですが、大牟田さんも、今お死になすったのが、けっく仕合わせかもしれませんよ。永生《ながい》きすれば奥様が奥様ですからね。いいことはありますまい。このわたしと同じように世をはかなむようなことになったかも知れません」

主人は、何か述懐《じゅっかい》めいたことをいって、商人にも似合わずうちふさぐようすだ。

わしはそれを聞くと、じつに異様な感じがした。聞き捨てならぬ言葉だ。

「奥様が奥様とは何のことだね。エ、御主人」

わしはしいて何気ない声で聞き返した。

「高い声では申せませんが、大牟田の若様は申し分のない方でしたが、それに引きかえ、奥様の方は、どうもちと……」

と言葉をにごす。

奥様とはいうまでもなく、わが妻瑠璃子のことだ。あのいとしい瑠璃子を「奥様がどうもちと」とはけしからぬ言い草だ。こいつ気でもちがったのではないかと、腹立たしく思ったが、先を聞かねば、何となく気になるものだから、

「奥様がどうかしたのかね」

とたずねると、主人は待ってましたといわぬばかりにしゃべり出す。

「どうもせずとも、あの美しい顔がいけないのです。男の目には、天女のようにも見えましょうけれど、天女だって油断ができませんからね」

ますます異様な言葉に、わしはもう目の色を変えて、

「それはどういうわけだ。お前さん何か知っているのか」

と主人につめよった。

ああ、この老人、わが妻瑠璃子について、そも何を語ろうとするのであろう。

恐ろしい笑顔

「あの笑顔がくせ物ですよ。私の家内もちょうどあんなふうな笑い方をしたものです」

と古着屋の主人はますます妙なことを云い出す。

「お前さんのお神《かみ》さんがどうかしたのかね」

「家内ですか。家内は私がこの手で殺してしまったのです」

亭主は薄暗い電燈の下で、影の多い顔を不気味にゆがめて陰気な口調で答えた。

わしはギョッとして、相手の顔を見つめたまま二の句が出なかった。

「ハハハハハ」主人は力なく笑って、「いや、驚きなさることはありません。私は人殺しですが、もうちゃんと年貢《ねんぐ》を納めてきたものです。前科者ですけれどけっして悪者じゃございません、敵討《かたきうち》をしたまでです。私に煮え湯を呑ませた女房の奴に復讐をしてやったまでです」

「復讐？」

わしは思わず、ひからびたような老主人の顔を眺めた。

「ハハハハハ、笑ってください。私は若かったのです。もう二十年の昔話です。今ならけっしてあんな真似はしやしません。あの時分は、この老いぼれの胸にも、若々しい血がもえていたのです。お恥かしい身の上話ですが、世間様も皆ご承知のことだ。別に隠すにもあたりません。懺悔話《ざんげばなし》です。聞いてくださいませ」

妙なきっかけから、わしは老主人の恐ろしい身の上話を聞くことになった。あとで分かったのだが、古着屋の親爺は誰彼の見さかいもなくこの懺悔話をはじめるので近所でも評判の変わり者であった。

　老人の話をかいつまんでいうと、二十年以前、彼がまだ三十代の壮年であった頃、彼の美しい女房が情夫を作って、夫の留守をうかがっては、その男を引き入れていることがふとしたことからわかった。

　そこで彼は、その日旅に出るといつわって、姦夫姦婦《かんぷかんぷ》があいびきをしている現場をおさえ、いきなり用意の短刀で男を一《ひ》と突《つ》きに突き殺してしまった。

「女房の奴、それを見ると、何だかえたいの知れぬわめき声を立てて、私に飛びかかって来ましたが、手向かいでもするのかと思うと、そうではなくて、卑怯な奴ではありませんか、例の嬌態《きょうたい》で私にあまえて、自分だけ命を助かろうとするのです。

「その時のあいつの顔！　ああ、今でも目に見えるようです。恐れのために飛び出した両眼、青ざめひきゆがんだ顔、それでいて、無理に笑おうとするのです。なまめかしく笑いかけて、私をなだめようとするのです。笑えば笑うほど見るも気の毒な泣き顔になるのです。

「あいつはつめたい手で、私の首にだきついて、ほんとうはあんたが一ばん好きなのよ。忘れて――忘れて！　堪忍《かんにん》して！　と、うわずった声で、わめくようにいうのです。

「しかし、なんで私がその手に乗りましょう。私はあいつをはねのけ、姦夫の血にそまった短刀を、まだ温かい血がダクダク流れている短刀を、女房の顔の前につきつけて、さア、これがお前の色男のかたみだ、生涯お前の肌身を離れぬように、ふところへ入れてやる。と云いながら女房の胸へズブリと突き刺したのです。ハハハハハ」

老主人はかわいた低い笑い声を立てた。

「私はすぐさま自首して出ました。そして、刑期を務めあげて、やっと二年前に娑婆へ出て来たのです。前科者の素性《すじょう》は、隠していても、いつとはなく知れ渡るものです。それとわかると今まで挨拶をしていた人も、向こうから顔をそむけて通るようになります。親戚なども見向いてもくれません。友達もなく女房はもちろん、一人の子供もないのです。

「何の生き甲斐《がい》もない身の上です。いっそ死んだがましだろうと、自殺を思い立つこともたびたびありますが、今もって死にもえせず、こうしてしがない暮らしを続けております。旦那、ほんとうに女は悪魔ですよ。大牟田さまなどもあの奥方を持っていれば、末にはこんなことになるのだと、私はかげながらお気の毒に思っておったようなわけですよ」

わしはこの恐ろしい身の上話を聞いて、何ともいえぬいまいましい気持になった。

人もあろうにそのような姦婦とあの無邪気な瑠璃子とをくらべるなんて、こいつ失敬千万な気ちがい親爺め。

「だが、お前さんのお神さんが、そんな悪い女だったからといって、なにも大牟田の奥方をそしることはなかろう。噂《うわさ》に聞けば瑠璃子夫人は、非常に貞節な方だというではないか」

と、わしがとりなすと、親爺はかぶりをふって、

「ところが、どうして噂と真実は大変なちがいです。私はちょうどあの日町を通りかかっていて、バッタリ大牟田様の葬式の行列にぶッつかったのですが、物のはずみで、奥方の乗っている車の梶棒が私の腰にあたって、私はそこへころがされてしまったのです。行列のそばにウロウロしていたのが悪いといえばそれまでですが、老人が倒れたのを見れば、一と言ぐらい挨拶《あいさつ》があっても然るべきではありますまいか。車夫《しゃふ》は気の毒そうに私を見て、車を止めようとしたくらいですが、奥方は、あの美しい顔でニッコリ笑って車を止めさせず、そのまま行ってしまいました。

「私が倒れて、痛さに顔をしかめているのを、車の上から見おろして気味がいいとでもいうように、ニッコリ笑ったのです。ああ、あの笑顔。私はゾッとしました。私の女房もちょうどあのとおりの笑顔をする癖があったのです。まるで女房の幽霊に出あっ

たような気がしたものです」

老主人は云いながら、さもさも恐ろしそうに、身ぶるいをした。

わしはもう、このいまわしい気ちがい親爺の話を聞くにたえなかったので、そのまま古着屋を飛び出したが、どうも気になってしようがない。

今まで世間に誰一人瑠璃子をほめぬ人はなく、一点の非のうちどころもない女だと信じていたのに、このような社会の下層階級に瑠璃子をののしる敵があろうとは、じつに思いもよらなかった。

「なあに、そんなばかなことがあるものか、気ちがいだ、あいつは気ちがいなのだ。瑠璃子にかぎって、ほかの男に思いを寄せるようなそんなみだらなことがあってよいものか」

と一笑に附したつもりでも、何とやら気がかりで仕方がない。

「ええ、いまいましい。つまらぬ話を聞いてしまった。早く邸へ帰ろう。帰って瑠璃子の笑顔を見れば、そんな気がかりなんか、たちまちふっ飛んでしまうのだ。さア、早く帰ろう」

わしはもう、空腹もなにも忘れはてて、よろめきよろめき邸へと急いだ。おとろえた足がもどかしい。羽があれば飛んでも行きたい思いだ。あいにくなことには、その辺に人力車も見あたらぬ。わしは今にもぶっ倒れそうなからだを妻見たさの気ばかりで、ひきずるようにして歩いて行った。

二重の殺人

町の端から端まで歩いたとて、高の知れた小都会のことだから、半病人のわしにも、ほど遠からぬ邸にたどりつくのに、さして暇はかからなかった。

来て見ると、大牟田邸の表門はピッタリと閉ざされ、昼のような月光が、大きな檜《ひのき》の扉を白々と照らしていた。門内には何の物音もなく、いかにも主人を失った喪中《もちゅう》の邸といった感じだ。瑠璃子は、定めし一間《ひとま》にとじこもって、あの美しい顔を涙にぬらし、わしの位牌《いはい》とひそひそ話をしていることであろう。ああかわいそうに、だが、わしが生き返ったと知ったら、どんなに喜ぶだろう。きっと泣きわめきながら、わしにすがりついて来るにちがいない。

別人のように変わりはてた、わしの姿を見て、さぞかしびっくりするだろう。歎《なげ》くだろう。しかし、顔や形が変わったとて、あれほど愛し愛された心まで変わるものではない。瑠璃子はわしの恐ろしい顔を見て驚きこそすれ、こわがったり、いやに思ったりする筈はない。あれはけっしてそんな薄情な女ではないのだ。

とはいえ、このまま表門からはいったのでは、あんまり不意打ちだし、この身なりが召使たちに恥かしい。裏門から庭伝いに瑠璃子の居間に忍びより、ソッと障子《しょうじ》をたたいてやりましょう。どんなにびっくりするだろう。そして、どれほど喜ぶことだろう。

わしは高い生垣にそって裏の方へよろめいて行った。裏に行くほど木が茂って、月影をさえぎり、道もわからぬ暗さだ。裏門の戸をおすと、いつものように難なく開いた。よく川村が遊びに来て、夜ふかしをすると、この裏門を開けさせておいて、ここから帰ったものだが、すると、彼は今夜も瑠璃子をなぐさめるためにやって来ているのかしら。

裏門をはいると、両側にコンモリとした灌木の茂みがならんで、昼も小暗い小道になっている。わしは暑い日など愛読の哲学書をたずさえ、この小道をさまよって、先哲と物語をした仙境《せんきょう》である。

わしは夢のごとく現《うつつ》のごとく、よろめきよろめき進んで行ったが、小道がつきて広い庭へ出ようとするところまで達すると、茂みの向こう側からふと人の声が聞こえて来た。

ああ皆さん、それを誰の声だったと思います。わしは耳をすまさぬうち、早くも脳天をうちのめされたように、ハッとして立ちすくんでしまった。

瑠璃子だ。瑠璃子の声だ。五日間の生き埋めの間、一瞬たりとも忘れなかった、わがいとしの妻の声だ。

わしは破れそうに高鳴る心臓を押さえて、ソッと茂みの間からのぞいて見た。

いる。いる。たしかに瑠璃子。我が妻瑠璃子。白っぽい着物を着て、嬉しげに微笑した美しい顔を、惜しげもなく月光にさらして、しずしずとこちらへ歩いてくる。

わしは思わず「瑠璃さん」と叫んで、茂みを飛び出そうとした。あぶないあぶない。すんでのことで声を立て、姿を現わすところだった。

そのとっさの場合、うしろから引き止めたものがある。人間ではない。わし自身の心が——一種異様な疑いの心が、わしを引き止めたのだ。

というのは、夫を失って悲歎に暮れていなければならないはずの瑠璃子が、さも呑気らしく微笑さえ浮かべて、月夜の庭園《にわ》のそぞろ歩きをしているとは、ちと変ではないか。夢にも予期しなかった体《てい》たらくだ。

いや。待てよ。悲しみがきわまると、人は一時狂気におちいることがある。か弱い瑠璃子は、もしかしたら、わしを失った悲しさに、気でもちがったのではあるまいか。

愚かにも、わしはそこまで気をまわした。

気がちがったのなら、いと安いことだ。わしが茂みから飛び出して、しっかり抱きしめてやったなら、嬉しさに、もとの瑠璃子に返るのは必定《ひつじょう》だ。

と、わしは隠れ場所から身を現わそうとしたが、その時またも目にとまるは、瑠璃子のそばに、からみつくようにして歩いてくるわが弟、いや弟よりもなお親しい、わしのただ一人の親友、川村義雄の姿であった。

川村は一方の手で瑠璃子の手をにぎり、残る片手を瑠璃子の腰にまわして、夫婦でさえ人目をはばかるほどの有様で、さも睦まじく歩いて来るのだ。

わしがいかに馬鹿者でも、これを見て、川村と瑠璃子と二人とも、気がちがったのだと考えるほど愚かではない。彼らは愛しあっているのだ。わしが変死をとげたのをさいわい、不義のちぎりをむすんでいるのだ。

皆さん、その時のわしの気持を察してください。今でもあのくやしさは忘れられぬ。こうしていても、ひとりでに拳《こぶし》がにぎられて来るほどだ。

ああ、こんなことと知ったなら、なに苦しんで墓穴をぬけ出して来ようぞ。あのまま地中の暗黒界で飢え死んだ方が、どれほどましであったか知れぬ。穴の中の恐ろしさ苦しさも、今妻の不義を見せつけられた切なさにくらべては、物の数ではなかった。

あの時、わしの怒りが半分も軽かったなら、わしはきっと、我れを忘れて、「不義者め」と叫びさま、茂みを飛び出し、彼ら両人をつかみ殺しもしたであろう。

しかし、わしの怒りは、そのような世間一般の怒りではなかった。真の怒りは無言である。物いうことも忘れ、身動きすることも忘れ、我が身がそこにあることさえ打ち忘れて、わしは化石したようにほし固まってしまった。

わしはもはや人間ではない。怒りの塊《かたまり》であった。あいつらここで一体何をしようというのかと、息もせず、瞬《また》きせず、静まりかえって控《ひか》えていた。

不義の二人は、誰よりも恐ろしい大牟田敏清が、一間《いっけん》と離れぬ木蔭《こかげ》に身をひそめているとは夢にも知らず、いつかわしたち夫婦のために作らせたベンチに腰をおろし、肌と肌とを押しつけるようにして、ひそひそと睦言《むつごと》をかわしはじめた。まるで夫婦だ。いや夫婦よりも親しい情人と情人だ。

わしが隠れているところからベンチまではほんの三尺〔約一メートル〕ほどしかへだたっていない。月光はさえ渡っている。わしの眼には、見まいとしても、彼らの顔の筋肉の一《ひ》と筋《すじ》までも、ありありと見えるのだ。彼らの低いささやき声も、百雷のように聞こえるのだ。

彼らは子供のように両手を取りあい、顔と顔を向けあって、じっとしている。まあ何てかわいいんだろうと、お互いの顔をあかず眺めあっているのだ。

瑠璃子の顔がちょうどま正面に見える。ああ、あの嬉しげな顔、あの溶けるような笑顔、わしが死んでから一滴の涙も流さず、顔に悲しみの一と筋をもよせなかったことが、一と目でわかる。

この笑顔こそ、さいぜん古着屋の主人がいった「悪魔の笑顔」にちがいない。だが、何という美しい、あどけない悪魔だろう。生まれたての赤ん坊のように無邪気な、この笑顔の奥に、あのような悪念がひそんでいようと、どうして信じられるものか。わしは憎みは憎みながらも、かつての愛妻のあまりの美しさに、ついうっとりとしないではいられなかった。

手を取りあって、遠くから見かわしていた二人の顔が、溶けるように笑みくずれながら、やがて徐々に接近して行った。

川村の顔は見えぬけれど、いやらしく弾《はず》んだ息が聞こえる。瑠璃子は、顔を心持ち上に向けて、眼を細め、口辺に何ともいえぬ嬌羞《きょうしゅう》をふくみながら、花びらのような唇を、ソッとさし出している。

わしは見るにたえなかった。だが、見まいとしても、目が釘づけになって、いうことを聞かぬのだ。

四つの唇がかたく合わさって離れなかった。

わしはそれを目で見、耳で聞いた。

川村の背広の背中を両脇から、しなやかな白い指が中心へとはいよっていた。なまめかしき虫のように、五本の指の関節に力がこもって、がりがりと服地を、かくようにして、両人の呼吸とともに、その指が近より、ついに、指と指をにぎりあわせてしまった。

唇を合わせながら、瑠璃子の両手が、川村の背中をだきしめているのだ。

川村とても同様である。彼らは今や、両頭のけもののごとく、まったく一体になったかと疑われた。

わしはギリギリと奥歯をかんだ。手のひらに爪がささるほど拳をにぎった。つめたいあぶら汗が額からも、腋《わき》の下からも気味わるく流れた。そしてしゃがんでいる身体全体が、おこりでもわずらったように、ワナワナふるえだすのをどうすることもできなかった。

もし彼らの狂態《きょうたい》が、もう一秒長く続いたならば、わしは気がちがって、前後の分別もなく其の場へおどり出したかもしれない。あるいは気を失って、そこへ悶絶《もんぜつ》してしまったかもしれない。

その瀬戸際《せとぎわ》でやっと彼らは身を起こした。そして、激情に目のふちを赤くして、またしてもニッと、溶けるような笑顔を見合わした。

「ねえ、義《よっ》ちゃん」

しばらくすると、瑠璃子の口の花びらがほころびて、まず川村を呼びかけた。

たった五日前までは、川村さん、川村さんと呼んでいた相手を、もう義ちゃんだ。一と通りの親しさではない。

「ねえ、義ちゃん、あたしたち地獄岩に感謝しなければいけないわね。もし、あの岩が割れてくれなかったら、今時分、こんなことしてられやしないもの」

ああ、わしの愛妻は、わしの変死を感謝しているのだ。

「フフン、地獄岩なんかより僕をほめてもらいたいね。あの岩がうまいぐあいに割れて落ちたのを、瑠璃ちゃんはまさか偶然だと思っているんじゃないだろう。ああ、考えて見ると恐ろしいことだ。僕は君の愛を独占したいばっかりに、大罪を二つも重ねてしまった。僕は二重の人殺しだ。こうまでつくしている僕を、君はまさかすてやしまいね。もしそんなことがあろうものなら、第三の殺人事件が起こることを、覚悟しておいでよ」

川村は、月のほかには聞くものもないと気を許し、恐ろしい打ちあけ話をしながら、またしても、瑠璃子の背中へ手をまわした。

わしは、それを盗み聞くと、ギクンと、心臓が喉のところへ飛び上がるような気がした。ああ、わしは怪我ですべり落ちたのではない。川村のしかけておいた陥穽《かんせい》におちいったのだ。わしは殺されたのだ。一度殺されてふたたび甦《よみがえ》ったのだ。

その下手人《げしゅにん》は、川村であった。無二の親友として、妻の次に愛していた川村であった。誰のおかげで紳士面《しんしづら》がしていられるのだ。みんなわしが生活を保証してやったためではないか。その恩義を仇《あだ》にして、妻を盗むさえあるに、このわしを殺そうとは。

ああ、わしは妻にそむかれ、友に裏切られ、友のために殺害され、しかも彼らの手によって身の毛もよだつ生き埋めにされたのだ。世の中にまたと二つ、かくも残酷な責め苦があるだろうか。恨むが無理か。いきどおるが無理か。責め苦が烈しいだけ、怒りは深いのだ。怒りが深ければ深いだけ、復讐心はもえにもえるのだ。

皆さんは記憶なさるだろう。わしの家は代々恨みを根に持って、いつまでも忘れぬ血筋だ。復讐心の人一倍強い血筋だ。わしはすでにして、復讐の鬼に化した。不義の両人をまのあたりにして、つかみかかって行かなかったのは、実にこの根強い復讐心のためであった。その場ですぐさまわめきちらすような浅い恨みではない。じっとこらえて、おもむろに計画をめぐらし、ちょうどわしが受けたと同じ苦しみを、先方にあたえるのが、真の復讐というものだ。

それはともかく、わしは川村のこの驚くべき告白を聞いてギョッとしながらも、やっぱり化石したまま身うごきもしなかった。そして、全身を耳にして、次の言葉を待った。どんな些細《ささい》な一言も、聞きのがすまいと、耳をそばだてた。

彼は二重の人殺しをしたようにいった。一人はこのわしにちがいない。わしはそれがひどく気がかりであった。そのあわれむべき被害者というのは、やっぱりわしの血筋のものではあるまいかと直覚的に感じた。だが一体誰だろう。わしの知っているかぎりでは、わしの一族に殺されたものはもちろん、最近死亡したものすらない。

事実は正にその通りだ。しかし、事実以上の何ものかがわしの心臓をおびやかした。誰ともわからぬ、非常にしたしいある人の見るも無残に傷つけられた、血みどろの幻が、ボンヤリと目の前に浮かんで来た。

美しきけだもの

皆さん、一つ考えて見てください。姦夫姦婦がふざけちらしている現場を、彼らのために裏切りされ、殺されてしまった男が、じっと見ているのだ。こんな残酷な立場が、いつの世、どこの世界にあったでしょう。

わしは、目の前で、いきなり天地がひっくり返るような驚愕《きょうがく》にうたれた。三千世界にたよるものもない孤独と悲愁にうちのめされた。わしはほとんど思考力を失って、茫然《ぼうぜん》と立ちつくしているほかはなかった。

姦夫姦婦の私語《ささやき》はめんめんとしてつきなかった。聞くまいとしても、その一語一語が、毒の針のようにわしの鼓膜《こまく》につきささった。

「大牟田が死んでしまったのは嬉しいけれど、でもね、義ちゃん。あなた当分の間遠のかなければいけないわ。召使たちの口から世間に知れてはまずいから。ホホホホホ、あたしまだ、旦那様の喪中なんですものね」

「フン、それはそうだね。その点では、大牟田が生きている方がしやすかったよ。あいつは他人を追いはらう二人の番人も同然で、われわれの仲を自分も疑わず、知らず知らず他人にも疑わせぬ役目を勤めてくれたのだからね」

「ホホホホホ、生きている間は、あんなに嫌っていたくせに……」

「むろん、あいつがいない方がいいのさ。でなくて、地獄岩にしかけなんかするものかね。僕はあいつが君の唇から、絶えず接吻《せっぷん》を盗んでいるかと思うと、どんなにいやな気持がしたかしれやしない」

ああ、皆さん何という言い草であろう。この世がさかさまになったのか。夫たるものがその妻と接吻するのが接吻を盗むことになるのか。盗まねば接吻ができぬのか。オイ川村、君を兄弟のごとく愛していたこのわしを、貴様は盗賊のように思ってまじわっていたのか。貴様は幸福そうだな。邪魔者のわしをなきものにして、さぞのうのうしているだろうな。だが、オイ、人非人《にんぴにん》、その美しい顔を、チョイとねじ向けて、貴様のうしろに息も絶え絶えに怒り悲しんでいる白髪の鬼を一《ひ》と目《め》見ないか。どんなことがあろうとも、この恨みを返さずにおくものかと、復讐の一念にもえるわしの目を見たら、にやけ男め、貴様はあまりの恐ろしさに気を失ってたおれてしまうかもしれまいぞ。

それから長い間、ベンチに腰かけた二人は、わしの復讐心をはぐくみ育て、油をそそぎ、もえ立たせるためのように、痴話痴態《ちわちたい》のかぎりをつくした。わしは怒りの像のようにほしかたまって、じっとそれを聞いていた。見ていた。どんな些細な動作も、どんなつまらない一言も、わしは今に至るまで一つ残らずおぼえている。だが、それをくどくどしゃべっていては、皆さんもあきるだろう。姦夫姦婦の睦言はこれくらいにして、話を先に進めよう。

さて、一時間ほども楽しい睦言をつづけていた姦夫姦婦は、やがて手を引きつれて屋内へと帰って行った。そして間もなく、以前は、わしと瑠璃子の寝室であった西洋館の窓に、パッと明るい光がさした。黄色いブラインドに黒い影法師が二つ。いわずと知れた瑠璃子と川村だ。

わしはもうこれ以上彼らの痴態を見るにたえなかった。恐ろしかった。だが、恐ろしければ恐ろしいほど、わしの足は、その場を立ち去りはしないで、かえって、ぬき足さし足、彼らの影法師へと近づいて行った。

影法師は、みだりがましき影芝居のように、ついたり離れたりして、わしの頭をかき乱した。

わしは歯ぎしりをしながら、こぶしをにぎりしめながら窓へと近づき、あさましくもブラインドの隙間から、寝室の中をのぞきこんだ。

そこで何を見たかは云うことができない。皆さんのご想像にまかせる。二匹の世にも美しいけだものが、絵のようにもつれ合っていたのだ。

心はみにくいけだものの癖に、彼らの顔やからだの輝くばかりの美しさはどうだ。愛らしさはどうだ。そんなにされても、わしには、瑠璃子が日本一の美人に見えた。相手の川村義雄もそれにおとらぬ美しい男だ。天はなぜなれば揃いも揃った極重悪人《ごくじゅうあくにん》に、かくもうるわしき肉体を付与《ふよ》したもうたのであろう。

彼らの美しさに引きかえて、窓の外から覗《のぞ》いていたわしは、まるで別世界の生物《いきもの》のように、みにくく恐ろしく、みじめであった。ああ何ということだ。悪人どものこの美しさ、お人好しすぎるほど善人なわしのこのきたなさ。

やがてわしはあさましさにガタガタふるえだした。美しきけだものどもの歓喜がわしを気ちがいにしたのだ。わしは声なき声を上げて泣いた。闇の大空に拳をうち振って、じだんだをふみながら、神を呪った。

朱凌谿

その翌日、わしは長崎通いの定期船に乗りこんで、S市を離れた。一夜を泣き明かし、呪い明かし、考えあかして、わしはついに復讐の大決心をたてたのだ。

悪人どもは悪人なるが故に、ますます美しく、いよいよ幸福だ。わしは善人なるが故に、ますますみにくく、しかも不幸のどん底につきおとされた。こんな不合理なことがあるものか。もはや神も頼むに足らぬ。わしはわしの力で彼らに天罰をくわえてやるのだ。それも、けっしてなみなみの天罰ではない。

ただ彼らを罰するのなら、ちゃんと国家の法律というものがある。わしは裁判所に申し出て、彼らを罰し、わしの財産を取り戻すことができるのだ。

だが国家の刑罰というものは、いかなる極重悪人に対しても、なるべくいたくないように首をしめて、くびり殺すのがせいぜいだ。それ以上の刑罰はない。わしが墓穴の五日間に味わったような、わずかな日数の間に漆黒《しっこく》の頭髪が一本残らず白髪になるような、そんな残酷な刑罰があるものではない。

それではわしの心はいえぬ。わしは先祖代々の気性どおり、受けただけの苦しみを、先方に返さないでは承知ができぬのだ。目をくりぬかれたら、わしもまた相手の目の玉をくりぬき、歯をぬかれたら歯をぬいて返さないでは、この胸がおさまらぬのだ。

わしは姦夫姦婦のために、家庭を奪われ、財産を奪われ、容貌を奪われ、命まで奪われた上、あの地底の墓穴での、歴史上に前例もないような、むごたらしい生き地獄の責め苦を味わわされた。これが国家の刑罰などで、つぐなわれてたまるものか。

わしは自分でやるのだ。神も頼みにはならぬ。法律も不満足だ。思う存分この敵をとるためには、わしが自身で計画し、自身で実行するほかはない。

わしはもはや人間ではない。人間大牟田敏清は死んでしまったのだ。残っているのは復讐の一念ばかりだ。文字どおりわしは復讐の鬼となり終った。復讐鬼にはこの恐ろしい白髪の老人が何と似つかわしいことであろう。

わしは夜明け前に、ふたたびあの墓穴に忍びこんで、朱凌谿の宝庫の中から、持てるだけの金貨紙幣を取りだして、風呂敷包みにし、それをたずさえ長崎通いの船に乗った。よくも勘定できなかったが、おおよそ二十万円(注7)もあったであろうか。ほかに宝石類も幾つか風呂敷包みの中へ忍ばせて来た。

他人の財宝とはいえ、相手は盗賊だ。しかもわしの家の墓地で発見したものだ。気はすまぬけれど、返せというものもなかろう。それに私慾で盗むのではない。天にかわって復讐の使命をはたすために借用するのだ。侠盗《きょうとう》朱凌谿もわしを許してくれるであろう。

長崎に上陸すると、市内第一の洋装店で、出来合いではあったが、最上等の洋服を買いもとめ、なお附近の雑貨店でシャツ類、帽子、靴、鞄にいたるまで取り揃え、上流紳士の身装《みなり》を整えた。

身なりができると、わしはその日のうちに上海《シャンハイ》行きの大汽船の一等船客となった。

上海では第一流のホテルを選んで宿泊し、ボーイなどにも充分の祝儀をあたえて、贅沢《ぜいたく》な部屋を借りうけた。南米帰りの大金持で、日本への帰途、この地に立ちよったというふれこみだ。

名前も大牟田ではない。里見重之《さとみしげゆき》とあらためた。これはわしの母方の親戚に実在した人物で、家柄はなかなかよかったのだが、非常な貧乏で、親族つき合いもできぬところから、わしの子供の時分、奮発して単身南米に渡り、それきり音信が絶えて、かの地で死亡したと信じられている人だが、それはじつは死んだのではなくて、莫大な財産を作りあげ、故郷へ帰って来たという筋書である。里見重之には兄弟もなく、その家はあとが絶えて、位牌などもわしの家の仏壇に飾ってあったほどだから、生きていて帰って来たといっても、誰一人怪しむものはないわけだ。

ホテルの部屋がきまると、まず第一に上海一といわれる洋服裁縫師を呼びよせて、数着の贅沢な着がえを注文した。それから鞄に一杯の大金を銀行に持参して、里見重之の名で預け入れた。

さてこれからは、わしの姿を変える仕事だ。わしの容貌や声音《こわね》から、大牟田敏清の影を完全に追いだしてしまう仕事だ。

むろんわしは昔日の大牟田敏清ではない。いつか古着屋の親爺が、わしを前に置いて、他人の事のようにわしの噂をしたのでもわかるように、変わりはてた白髪の老人だ。のみならず、わしはすでに死亡して、葬式まで行われた人間だ。誰もわしを大牟田子爵のなれのはてと疑うものはないかもしれぬ。

しかしそれは、一般世人に対してのこと。我が妻瑠璃子、我が親友川村義雄をあざむくには、用心の上にも用心をしなければならぬ。彼らの心に少しでも疑いを起こさせては、せっかくのはかりごとも水のあわだ。

そこでわしは、頬《ほお》から顎《あご》にかけての特徴を隠すために、口髭と顎鬚《あごひげ》をのばすことにした。髭も頭ほどではないが、ほとんど白くなっていたので、それをのばせば、わしの健康が回復して、顔の肉づきがよくなったとしても、まず見破られる気づかいはない。だが、ただ一つ心配なのは、最もよく個性を現わす両の目だ。しかもわしの目はご覧の通り人なみより大きくて、一度見たら忘れられぬような特徴を持っているのだ。瑠璃子や川村には、この目だけでわしを見分けるに充分であろう。これを何とか隠す工夫をしなければならぬ。よしよし黒眼鏡をかけることにしよう。南米の暑い日に照らされて眼病にかかり、直接日の光を見るにたえぬといってごまかせばよい。

わしは眼鏡屋に命じて、金ぶちの大きな黒眼鏡を作らせ、それをかけて鏡に向かってためしてみたが、これならば大丈夫だ。髪を見れば七十にも近い老人だが皮膚がそれほどでもないから、まず五十前後の中老人という年配だ。ことに黒眼鏡が顔全体を、何となく不気味な相好に見せているのもおあつらえむきだ。

さて、形はこれでととのったが、次には、声や言葉つき、その他平常《ふだん》のふるまいも、できるだけ変えてしまう必要がある。一体わしは日本人にしては喜怒の色の現われやすいたちで、ちょっとしたことにも大げさにうれしがったり、悲しんだりする方だが、まずこれを改めなければならぬ。すぐに心を顔に出すようでは、復讐の大事業がなしとげられるものではない。

で、わしは声も陰気なふくみ声にし、言葉の訛《なま》りも変えて、態度はできるだけ冷淡に、物に動ぜぬ練習をはじめた。

芝居を見ても、小説を読んでも、さもさも退屈らしく、「なあんだこんなもの」という顔をするようにつとめ、人に物をいうにもできるだけ簡単に、形容詞や間投詞をはぶいて、ぶっきらぼうにいうようにした。

えらいもので、そうして十日二十日とたつうちに、わしは以前とは打って変わった、無感動な陰気くさい男になっていた。もちろんこれは練習だけではなく、生きながらの埋葬というあの大苦難をへて、その上復讐の悪念にこり固まったために、自然と心の底から、かたくなな陰気な性質に変わって来たものにちがいない。ついには、はじめのうちはチヤホヤしたボーイたちまで、「あんな気むずかしい客はない」と蔭口をきくほどになつた。

さア、これでいよいよ里見重之の仕上げができたというものだ。故郷のS市へ帰って大復讐に着手する時が来たのだ。一カ月あまり上海滞在中、練りに練った復讐計画を実行にうつす時が来たのだ。

だが、この地を出発する前に、一つだけしておくことがある。それは大牟田子爵の親族の里見重之が、二十何年ぶりで、故郷に帰るという前ぶれだ。それについては、うまい思案があった。わしは九州のある大新聞の編輯局《へんしゅうきょく》にいる旧大牟田領の家臣であった男にあてて、高価な贈り物とともに一通の手紙を送った。

首を長くして待っていると、わしの計画はみごと図《ず》にあたって、間もなくその新聞の社会面に、れいれいしく、大体こんなふうに記事が掲載された。

「近頃うらやむべき成功美談がある。その主人公は旧S藩主大牟田子爵家の親族で里見重之という人物であるが、今から二十余年前単身南米に渡航し、其の後杳《よう》として消息を断ったために異郷に死せるものと信じられていたが、じつはあらゆる艱難辛苦をなめて大身代《おおしんだい》を作り、余生を楽しく送らんがために、莫大な財産をたずさえて帰って来た。途中上海に立ちより、今は同地Yホテルに滞在中であるが、近日S市に帰って永住《えいじゅう》の計をさだめるとのことゆえ、知ると知らざるとを問わず、交際社会の人々は双手をあげてこの大成功者を歓迎することであろう」

というような意味であった。その記者は、掲載紙二部に鄭重《ていちょう》な挨拶の手紙をつけて、わしのホテルへ送って来たものだ。

この新聞記事は意外の利き目があった。S市はもちろん附近の名ある人々から、喜びの手紙を送って来るものもあり、旅館商店などの案内状も舞いこんで来た。わしは習い覚えた冷淡な態度で、そんな手紙に驚きもせず、ごくあたり前のことのように、平然として読みくだし、平然として屑籠《くずかご》に投げこんだ。

ただ少々不満であったのは、当の瑠璃子から何の反響もないことだが、こちらから手紙をやったわけではないのだから、新聞記事を読んでも、例のまけ嫌いで、わざとそしらぬふりをしているのかもしれない。それとも、川村との逢う瀬にいそがしくて、新聞に目を通す暇さえないのであろうか。

だが、そんなことはどちらでもよい。瑠璃子から挨拶状がこないからといって、わしの計画には何の影響もないことだ。

さて準備はすっかりととのった。いよいよ明日にもこの地を出発しようかと思っているところへ、じつに意外な事件が降って湧いた。

午後のことであったが、お茶を持ってきた給仕が何か非常に昂奮《こうふん》したようすで、

「旦那大変です」

というのだ。

わしは例の口調で少しも驚かず、

「騒々しいじゃないか。大変とはどうしたのだ」

と聞きかえした。

「この先の公園で、海賊が捕われたのです。大変な騒ぎです」

「ハハハハハ、賊が捕われるのはあたり前の話だ。わしはそんなものに興味はない」

「いいえ、それが大変な賊なのです。旦那もご存知でしょう、ほら、例の有名な朱凌谿が捕まったのです」

朱凌谿と聞くと、さすがにわしもびっくりした。今ではこの大賊とわしとは、まんざら他人でないのだ。いや、それどころか、わしの命が助かったのも彼のおかげ、こうして復讐事業に着手できたのも、彼の盗みためた財宝があったればこそだ。たといよそながらにもせよ、一目《ひとめ》彼の姿を見て、この恩を謝したいものだ。わしはそう思ったので、すぐさま公園へ行って見た。

公園は黒山の人だかりであった。見るとその群衆の中に一ときわ目立つ大男がシナ警官に縄尻《なわじり》を取られて、こちらへ歩いて来る。いかにも海賊の首領らしい面魂《つらだましい》だ。関羽の絵を見るようにいかめしい頬髯をはやし、こい眉の下にギョロギョロした目を輝かせ、口は一文字に結んで、わるびれもせず、むらがる見物を睨《にら》みまわしている。服装は胸に紋章のついた立派な支那服であった。

彼の周囲には、賊の風采《ふうさい》にくらべてはなはだ見おとりのする警官たちが十数名、帯剣の柄《つか》をにぎって警戒している。

朱凌谿は不敵の面魂で群衆をねめまわしながら、悠然と歩いて来たが、ふとわしの顔を見ると、ハッとしたように足をとめて、異様に目を輝かせ、わしの本性を見破ろうとでもするかのごとく、鋭くわしの顔を睨みつけた。

むろん朱凌谿がわしを見知っている筈はないのに、この異様な凝視《ぎょうし》は一体何がためであるか。わしは薄気味わるくなって、その場を立ち去ろうと思っていると、賊はじっとわしを見つめたまま、突然太い声で、しかも流暢《りゅうちょう》な日本語で叫んだ。

「おお、お前の姿はじつによく変わっている。俺《おれ》の目でも見破ることができぬほどだ」

わしはこの異様な怒鳴り声を聞くと、脳天をぶちのめされたようなショックを感じて、思わず顔を赤らめ、身がすくんでしまった。「お前」というのはむろんわしのことにちがいない。彼の目は刺すようにわしの黒眼鏡を見つめているのだから。

ああ、なんという恐ろしい奴だ。この海賊は、誰知るまいと思っていた、わしの大秘密を、たった一と目で見破ってしまったのかしらん。

奇妙な遺産相続

だが、警官も群衆も、日本語が解せぬらしく、また賊が群衆のうちの誰に話しかけたのかもわからぬらしく、

「何だ、何だ。どうしたのだ」

と怪しむばかりだ。

警官の隊長ともおぼしき人物が、朱凌谿の肩をこづいて何かシナ語でペラペラ怒鳴った。賊の不謹慎をしかったのであろう。

すると賊はやっとわしの顔から目をそらし、さりげない体《てい》で空を眺めながら、

「オイ、お前はじつにうまく姿を変えたなア。俺もそんな変装ができたら、ムザムザと捕まることもなかっただろう。しかし今となっては仕方がない。お前はもう大丈夫だよ。ほかのものは皆それぞれ他国へ逃げたから、こうして会えるのはお前一人だ。俺が処刑されたら、あとを弔《とむら》ってくれよ」

と、やっぱり日本語で独《ひと》り言《ごと》のようにつぶやいた。

わしはますます気味がわるくなった。賊はわしが彼の財産を盗みとったことを知っているのかもしれない。それでこんないやみをいっているのかもしれない。

だが待てよ。彼の口ぶりでは、どうやらわしを手下の一人と思いこんでいるらしいぞ。でなくて、あとを弔ってくれなんて頼む筈がない。日本語で話しかけたのは、海賊のことだから、部下のうちにも、日本語に通じているものが多く、わしにもそれがわかると思って、警官や群衆の手前、他国の言葉を使ったものに相違ない。

とすると、このわしの変装姿に、何か彼ら一味のものと見あやまる特徴でもあるのだろうか。わしは思わず、自分の服装を見まわした。そして、たちまち思いあたるところがあった。

真珠《しんじゅ》だ。わしのネクタイ・ピンについている稀代の大真珠だ。

それは、わしが例の墓穴の棺の中から持ち出して来て、当地でピンに作らせたもので、茄子型《なすがた》をしたすばらしい大真珠であったが、その辺の宝石商などはめったに持ち合わせていない逸品《いっぴん》で、光沢《つや》と云い形状《かたち》と云い、一と目見たら忘れられないような宝石であったから、朱凌谿はこれを見て、早くも彼の盗みためた品であることをさとり、それを身につけているからには、わしは彼の手下の一人にちがいないと信じこんでしまったのだ。そこで、さすがの彼も、わしの変装の巧みさに、感嘆の声をもらさないではいられなかったのだ。

だが、じつはわしは賊の手下でもなんでもないのだから、彼にわしの本性が見破れぬのはあたり前のことである。

わしがそんなことを考えている間に、警官たちもやっとそこへ気がついたとみえ、何かペラペラとしゃべりながら、見物たちを一人一人うさんくさく眺めまわした。あとで人の話を聞いてわかったのだが、彼らは、

「誰か紅髑髏の印をつけた奴が、この中にまぎれこんでいるにちがいない。さがせ、さがせ」

と怒鳴っていたのだそうだ。警官たちはむろん「紅髑髏」が海賊一味の記号であることを知っていたのだ。

だが、賊がわしを見分けたのは「紅髑髏」でなくて、ネクタイ・ピンの真珠によったのだから、いくらさがしたとて、わかる筈がない。

わしはもう、ぐずぐずしていてかかりあいになっては大変だと思い、コッソリその場を立ち去ろうとしていると、わしの頸筋へギョッとするような賊の怒鳴り声が降りかかって来た。

「コレ曲者、ここへ来い、俺はまだ貴様などにあざむかれるほど耄碌《もうろく》はしないぞ」

恐らくわしの顔はまっ青に変わったに相違ない。ハッと立ちすくんだまま、動けなくなってしまった。

賊は空を睨んだまま、さもくやしげに怒鳴りつづける。

「俺は人の物を盗むけれど、貴様のように持主の留守をうかがい、こっそりと盗むような卑怯な真似はしない。昼日中どうどうと押しかけて、相手の鉄砲がわしをねらっているその前で、物を盗む。力ずくの戦いだ。盗むのではない。力ずくで奪うのだ。さア、けちな盗人め、ここへ来い。貴様に言い聞かせることがある」

さすが名を売った賊ほどあって、いうことが大きく、芝居がかりだ。しかし、わしはそれどころではない。いよいよ運のつきだと、ふるえ上がってしまった。

賊は誰も返事をせぬものだから、癇癪《かんしゃく》を起こして、また怒鳴りつけた。

「コレ、そこに隠れている奴。取って食おうとはいわぬ。貴様の好きな俺の女房からのことづけがあるのだ。さア、ここへ出て来い。山田、ビクビクしないで、ここへ来い」

おや変だぞ、わしを山田という手下と間ちがえているのかしらんと思いながら、ふとかたわらを見ると、わしから二、三人向こうに、シナ服を着た日本人らしい男が立っている。その男がいやな笑いを浮かべて、ソロソロと朱凌谿に近づいて行くではないか。

さてはこの男が山田という日本人で、賊に呼びかけられていたのかと、わしはホッと安堵の胸をなでおろした。朱凌谿の部下には各国の人種がまじっていて、中に数名の日本人も加わっていると聞いていたが、この山田という男はたぶんその一人なのであろう。

　山田は賊の前に進んで、

「おお泥棒さん、とうとう捕まったね。貴様なんかに聞くことはないが、あんまりうるさいから出て来てやった。さア云うことがあれば早く話せ。俺は逃げも隠れもしないのだ」

と、さもにくにくしげに言いはなった。

朱凌谿は近づいた山田の姿を見、その声を聞くと、満面朱《しゅ》をそそいで、いきなり相手の顔に、パッと唾《つば》をはきかけた。

「畜生ッ」

山田は怒って飛びかかろうとする。警官たちは、言葉は分からぬながら、スワ一大事とかけよって、彼を制しとめた。

「ワハハハハハ、貴様俺に手向かう気か。やれるならやってみろ。俺はこのとおり縛られて自由のきかぬからだだが、なあに、貴様のような卑怯者の一人や二人、蹴殺すのはわけもないぞ」

賊はまず一喝しておいて、ひるむ山田をねめつけながらしゃべりだした。

「コレ人非人。貴様は俺の手下のくせに、俺の女房を口説《くど》いて手に入れようとしたな。女房がウンといわぬものだから、俺をなきものにすれば思いがとげられると考え、首領を裏切って警察の奴らを俺の隠れがに案内し、この通り俺を捕えさせたのだ。それくらいのことがわからぬ俺だと思うか。

「オイ、山田、貴様さぞ満足だろうな。政府の奴からは褒美《ほうび》を貰うし、俺の女房は天下晴れて口説けるし……だがな、オイ、俺の女房が貴様みたいな人非人になびくと思っているのか。女房ルイズは目色毛色の変わった他国の娘だが、貴様みたいな人非人ではないぞ。さア、なびくか、なびかぬか、これからルイズのところへ行ってみるがい い。あれはさだめし美しく化粧をして貴様の来るのを待っているだろう。身体じゅう朱《あけ》に染まって、胸には美しい短剣をつき立てて、貞女の死に顔を貴様に見せたいと言っていたぜ。これがあいつのことづけだ」

「あ、貴様、それじゃルイズさんを殺したんだな」

山田は思わずうなった。

「なんの俺が殺すものか。あいつは俺とわかれた上に、貴様なんかに手ごめになるくらいなら、死んでしまう方がましだと言って、俺の目の前で自害をしたのだ。海賊の女房だって操《みさお》というものは心得ているのだ。さア、早く行って見るがいい」

それを聞くと、山田はまっ青になって、その場に居たたまらずコソコソとどこかへ立ち去った。

わしは、この有様を見て、じつに何ともいえぬ感慨にうたれた。山田のふるまいは日本人の面汚《つらよご》しで、はなはだ不愉快だったが、朱凌谿の態度は、賊ながらさすがに立派なものだ。ことにその妻のルイズという女が、あだし男をはねつけて、夫に殉《じゅん》じて自害したというのは、何と見あげた心持であろう。見れば山田という男は、朱凌谿にくらべて年も若く、のっぺりとした美男子であったが、もし賊の妻がルイズでなくて、瑠璃子であったらどうだろう。はたしてこのような見あげたふるまいができたであろうか。と思うと、わしは何ともいえぬいやな気持になった。そしてあのいまわしい姦夫姦婦の俤《おもかげ》がにくにくしくわしの頭に浮き上がった。

それはさておき、賊がののしったのは山田という手下であったことはわかったが、その前に「お前の姿は俺にも見破れぬ」と感心したのは、山田ではなくて、たしかにわしのことであった。此の上また賊から何か云いかけられては困る。早く立ち去るにこしたことはないと、朱凌谿の方を眺めたところが、賊の目はまたわしの顔に釘づけになっていることがわかった。しかも、何か物云いたげに、しきりと目くばせをしているではないか。

ええ、いっそのこと、大胆にわしの方から賊に近づいてやれ。そうした方がかえって警官たちの疑いをはらすことができようと、わしは、ポケットから四、五枚の紙幣を取り出して、ソッと警官ににぎらせ、習い覚えた簡単なシナ語と手真似とで、少しこの男と話をさせてくれと頼んでみた。

警官はジロジロとわしの風体《ふうてい》を眺めていたが、物好きな紳士もあるものだというような顔つきで、不承不承《ふしょうぶしょう》に許してくれた。当時のシナ巡査なんて、袖の下しだいで、大抵のことは融通《ゆうづう》をきかしてくれたものだ。

「わたしに云い残すことがあるなら、聞いておきましょう」

わしは、彼の手下かどうか、どちらとも解釈できるような曖昧《あいまい》な調子で話しかけた。

「フン、わからん。どうもわからん。その黒眼鏡を取ればきっとわかるのだがな。しかしまあいい。その眼鏡はこんな場所で迂闊《うかつ》にもはずせまい。それよりはお前に聞きたいことがある。お前あの秘密を知っているだろうな」

賊は周囲に気をくばりながら、グッと声をひくめてたずねた。

秘密とは何のことか、彼の手下でないわしにはわかる道理がない。察するに、賊はこの一言でわしが真の手下かどうかをためそうとしているのだ。あぶない、あぶない。

だが、わしは、ふと或ることを思いついたので、大胆に言ってみた。

「知ってます。大牟田の墓穴でしょう」

すると、賊はさも満足の体《てい》で、

「よし、よし、もういうな。あれを知っているからには、お前はたしかに俺の味方だ。あれをあのまま地の底で腐らせてしまうのは惜しいものだと思っていたが、お前が知っていればそれでいい。ソッと取り出して、お前の勝手に使ってしまえ」

賊のこの一言で、わしは彼の大資産を口ずからゆずり受けたわけだ。もうなんの気がねすることもない。わしはあの無限の財宝を、大復讐の費用として、思う存分使うことができるのだ。わしはあまりの嬉しさに思わず相好がくずれそうになるのを、やっとのことで食いとめた。

「だが、あんまりうまくばけているので、どうも俺にはわからぬ。お前は一体誰だ」

賊はまた小声になって、恐ろしい質問を発した。

「名前をいわなくても、わたしのほかにあの秘密を知っているものはないのだからわかっているじゃありませんか」

わしはじつに大胆不敵な返事をしたものだ。

「ウン、そうか。俺もたぶんお前だろうと思っていた」

仕合わせにも、賊は少しも疑念をいだかず、しきりとうなずいてみせた。

そのうちに立ち話があまり長引くものだから、しびれを切らせた警官が、わしたちを引きわけて、賊を連れ去った。わしはホッと胸をなでおろして、遠ざかり行く海賊大首領のうしろ姿をぼんやり眺めていた。

さて、その翌日、わしはいよいよ上海をあとにして、故郷のS市へと出発した。上海滞在の一カ月半に、練りに練った復讐計画によって、にくむべき姦夫姦婦の上に世にも恐ろしき地獄の刑罰を科するために。

わしの復讐計画がどのように戦慄《せんりつ》すべきものであったか。わしははたして、姦夫姦婦に見破られることなく、この大事業をなしとげることができるであろうか。

皆さんは、わしが瑠璃子を溺愛《できあい》し、彼女の美しい笑顔の前には、何の抵抗力もない無能力者同然であったことを記憶されるであろう。そのわしが、その瑠璃子を敵にまわして、うまく目的をはたし得るであろうか。

わしの懺悔話はこれから眼目に入るわけだが、今日はもうくたびれたから、この続きは明日にしましょう。

ああ、一つだけ申しておきたいことがあります。わしは昨日《きのう》の話の終わりに、川村義雄が二重殺人罪を犯したことを、ちょっとほのめかしておいた。彼の殺人罪の一つは、このわしを殺したことで、これはいうまでもなくわかっているが、もう一つの殺人罪とは、一体何を指すのであろう。被害者はそもそも何者か。というご不審がおありじゃろうと思う。

今日はそこまでお話しする時がなかったけれど、そのもう一人の被害者というのは、じつに意外な人物で、わしはS市に帰ってしばらくしてから事の真相をたしかめることができたが、それがまた、わしの復讐事業に思いがけぬ手だてをあたえてくれることになった。姦夫姦婦を苦しめる絶好の手段となったのじゃ。

川村の第二の殺人とはそもそも何であったか。わしの今迄の話をよく吟味すれば自然わかってくることじゃが、それについては、間もなくお話しする時がくるだろう。

五つのダイヤモンド

さて、わしはS市に上陸すると、市中第一等の旅館Sホテルに宿を取った。そして、べらぼうな宿料を奮発して、いつも高貴の方がお泊まりになるという三部屋続きの洋室を占領した。南米で大金もうけをして帰った、成金《なりきん》紳士里見重之というふれこみだ。

さて、宿がきまると、まず着手しなければならぬ仕事が三つあった。第一は姦夫姦婦と懇親《こんしん》を結び、大復讐のいとぐちを作ること。わしは、わしがされた通りを、彼らにして返さねばならぬのだから、それには彼らの歓心を得て、無二の親友となることが何よりも必要であった。

第二は、住田医学士と懇意になることだ。皆さんは住田医学士の名を覚えていますかね。ほら、わしの妻瑠璃子が身体じゅうに妙な腫物が出たといって、Y温泉のわしの別荘へ湯治《とうじ》に行っていたことがある。その時瑠璃子を見ていたY町の医者が住田医学士なのだ。なぜそんな医者と懇意になる必要があったか。これには深い仔細《しさい》がある。やがて皆さんにわかる時が来るだろう。

第三は、忠実なる一人の従者をやとい入れ、いろいろ復讐事業の手つだいをさせることであったが、これは到着早々、ホテルの支配人の世話で、恰好《かっこう》のものを手に入れることができた。志村《しむら》という元刑事巡査を勤めたこともある三十男で、使ってみると、ごく正直な上に、なかなか探偵的手腕もあって、じつに適当な助手であった。

むろん志村にわしの身の上や復讐のことを打ちあけはしなかった。わしは非常な変わり者で、理解しがたい命令を下すようなこともあろうが、それを少しも反問せず、そのまま遵奉《じゅんぽう》するという約束で、そのかわり給金は世間なみの倍額をあたえることにした。

志村をやとい入れて一週間もすると、わしは彼を大阪へやって、奇妙な品物を買い求めさせた。当時日本に幾つというほど珍しかった実物幻燈機械——皆さんご存知じゃろう。生きて動いている蜘蛛《くも》なら蜘蛛が、そのままの色彩で、畳一畳敷ほどの大きさに写る、あの不気味な幻燈機械だ。もう一つは、大きなガラス壜《びん》の中にアルコール漬《づけ》になっている、嬰児《えいじ》の死体——どこの病院にもある解剖学の標本だ。一体全体、何の目的でそんな不気味な品々を買い求めたか。皆さん、こころみに推量してごらんなさい。フフフフフ。

ところで、話は少し先走りしたが、もとに戻って、Sホテルに着いた翌日のことだ。わしはホテルの談話室で、運よく姦夫の川村義雄を捕えることができた。いや、そればかりではない、もっと意外な人物にさえ会うことができた。が、まず順序を追ってお話ししよう。

Sホテルの談話室は、S市上流紳士が組織するクラブの会合場所になっていた。クラブ員たちは夕方そこへやって来て、球《たま》を撞《つ》いたり、カルタをもてあそんだり、碁を囲んだり、煙草の煙の中で世間話にうちくつろいだりするのだ。

その夕方なにげなく、わしが談話室へはいって行くと、広い部屋の向こうの隅で、雑誌を読んでいる男が、ギョッと目についた。ほかならぬ川村義雄であった。仇敵《きゅうてき》との初対面。わしは心を引きしめて、黒眼鏡の位置を直した。

見ると川村め。以前に引きかえて、なかなか立派な服装をしている。二た月《ふつき》ばかり見ぬ間に、男ぶりも一段と立ちまさって、どこやらユッタリと落ちつきができている。悪運強くわしの財産と美人瑠璃子を我がものとして、すっかり満足しきっている証拠だ。あの立派な洋服も、どうせ瑠璃子がこしらえてやったものにきまっている。と思うと、わしは今さらのように、はらわたがにえかえった。

わしは川村のかたわらのソファに腰をおろして、部屋の中をアチコチしていた一人のボーイをさしまねいた。

「オイ、君は大牟田子爵を知っているだろうね。あの人はこのクラブの常連ではないのかね」

わしは、川村に聞こえるように、大声でたずねた。

「ハ、大牟田の御前様《ごぜんさま》は、二た月あまり前、おなくなり遊ばしました。とんだ御災難でございました」

ボーイはわしが当《とう》の大牟田子爵と知るよしもなく、わしの死にざまを手みぢかに話して聞かせた。

「フン、そうか。それは残念なことをした。わしは大牟田子爵とは子供の時分のなじみでね、あれと面会するのを楽しみにしていたのだが……」

聞こえよがしに残念がってみせると、案のじょう川村の奴わしの手に乗って、見ていた雑誌を置き、わしの方に向き直った。

「失礼ですが大牟田子爵のことでしたら、僕からお話し申し上げましょう。僕は子爵とは非常にしたしくしていた川村というものです」

川村め、わしの顔をジロジロ見ながら、自己紹介をした。むろん、わしの正体が見破られるものではない。奴のことだ、何となく裕福らしい紳士につきあっておいて損はないと考えたのであろう。

「そうですか。わしは二十年も日本を外に暮して、やっと昨日この地に帰って来た、里見重之と申すものです。大牟田敏清とは親戚の間がらで、あれの父とごくしたしく行き来していたものですよ」

わしは例の老人らしい作り声で、落ちついて答えた。

「ああ、里見さんでございましたか。よく承知致しております。いつお帰りなさるかと、じつは心待ちにしていたくらいです。子爵夫人も、このことをつたえましたら、さだめしお喜びでしょう。瑠璃子さんとは、たびたびあなたのおうわさをしていたのですから」

川村は例の新聞記事を読んでいたとみえて、この白髪の成金紳士にさもしたしげな口をきいた。

「え、瑠璃子さんと云いますと?」

わしは小首を傾けてみせた。なに知らぬものか、わしの帰郷の最大目的は、過去の妻瑠璃子の息の根をとめることであったのだもの。だが、大牟田敏清ならぬ里見重之は瑠璃子を知ろう筈はない。

「いや、ご承知ないのはごもっともです。瑠璃子さんと云いますのは、なくなった子爵の夫人で、当地の社交界の女王といってもよい方です。若くて、非常に美しい方です」

「ホウ、そうですか。大牟田はそんな美しい奥さんを持っていたのですか。わしもぜひ一度お目にかかって、故人のことなどお話ししたいものですね」

「いかがでしょう。一度子爵邸をご訪問なさることにしては? 僕ご案内しますよ。瑠璃子夫人はどんなに喜ばれるでしょう」

「いや、それはわたしも願うところです。しかし、まだ旅の疲れもあり、永年の外国住まいで貴婦人の前に出る用意もできておりませんから、訪問は二、三日あとにいたしましょう。しかし、その前に川村さん、あなたに一つご厄介を願いたいことがありますが、承知してくださるでしょうか」

「何なりとも……」

「いや、別にむずかしいことではありません。わたしはじつは、あちらで買いためた少しばかりの宝石を大牟田へ土産《みやげ》として持ち帰ったのですが、当人が死んだとあれば、それを、さしあたり奥さんへの土産にしたいのです。大牟田が生きていたところで、宝石などは、さしずめ奥さんの装身具となるわけですからね。ところで、ご無心というのは、その宝石を、あなたから夫人に届けていただきたいのですが、どんなものでしょうか」

「おお、そんなご用なら、喜んでさせていただきますよ。宝石好きな瑠璃子さんの笑顔を見る役目ですもの、誰だってこんなご用を辞退する者はありませんよ」

川村の奴、宝石と聞くと目を細くしてホクホクものだ。瑠璃子への贈り物とあれば、恋人の彼にとって、わが財産がふえるも同然なのだから、ホクホクするのは無理もない。

わしはそうして姦夫川村と話しながら、同じ談話室の向こうの椅子に、誰かと話しこんでいる一人の人物を、目の隅で捕えていた。何という幸福だろう。わしは少しも労せずして川村にあい、今またこの人物を発見するとは。

「川村さん、あの向こうの椅子に前こごみになって話しこんでいられる紳士は、どなたでしょう。わしは何だか、あの横顔にかすかな見覚えがあるように思うのですが」

わしは川村の顔色を注意しながら、たずねてみた。すると案のじょう、彼はいやな顔をして、

「あれは住田という医学士です、近頃Y温泉の方から町へ出て開業している男です」

と不承不承に答えた。

「ああ、お医者さんですか、それに住田という名前は記憶にありません。人ちがいです」

口ではそう言いながら、わしはこの住田医学士に近づきたくてウズウズしていた。それには川村がいては邪魔になる。こいつには、土産の宝石を持たせて、早く追い帰すにしくはないと考えついたので、わしは川村をわしの部屋へさそい出し、用意の小箱におさめた宝石を手渡しした。

「拝見してもさしつかえありませんか」

と、川村め目を光らせてたずねるのだ。

「いいですとも、どうかごらんください。お恥かしい品です」

わしの言葉が終わらぬうち、彼はもう小箱のふたを開いていた。そして、一《ひ》目《め》その中の宝石を見るや、アッとばかり感歎の叫び声を発した。

「この大きなダイヤモンドを、五つともみんなですか。みんな瑠璃子さんへの贈り物ですか」

「そうです。智恵のない贈り物で恐縮しているとおつたえください」

わしはこともなげに答えたが、この高価な贈り物には、川村ならずとも驚かずにはいられぬだろう。わしはあらかじめ上海の宝石商に見せて大体の値ごろを鑑定させたところ、五つで三万円(注8)なら今でも頂戴するとの答えであった。いくら二十年ぶりの帰朝者とはいえ、妻でもない女に三万円の贈り物とは、少し大業《おおぎょう》だが、姦夫姦婦にわしの成金ぶりを見せびらかすためには、このくらいの奮発はしなければならぬ。ちょっとした土産にもこれほどのことをするわしの全財産は、一体まあどのくらいあるのだろうと、川村の奴さだめしたまげたことであろう。彼らの度胆《どぎも》をぬくのがわしの目的なのだ。

そこで、川村は宝石の小箱をしっかりかかえてコロコロと喜んでホテルを立ち去った。

これでよし、これでよし。仇敵川村と瑠璃子の両人に懇意をむすぶいとぐちはついたというものだ。

奇妙な主治医

さて次に住田医学士の番だ。

わしはそそくさともとの談話室に取って返し、きっかけを作って住田と言葉をかわし、まずホテルの食堂で一献《いっこん》、それから住田の案内で町でも有名な日本料理屋へと、車を飛ばすまでにこぎつけた。見ず知らずの男と旧知のごとく酒をくみかわすなんて以前の大牟田敏清にはとてもできない芸当だが、一度地獄を通って来たわしは、もはや昨日のお坊っちゃんではなかった。

わしは相手のほどよく酔った頃を見はからって、話を大牟田子爵の愛妻瑠璃子のことに落として行った。何かと話すうち、住田ははたしてわしの謀《はかりごと》に乗ってY温泉湯治時代の瑠璃子についてしゃべりはじめた。

「妙なことがありますよ。僕には名を隠していたけれど、あとで聞いてみると、あれはたしかに大牟田子爵夫人でした。夫人は身体に妙な腫物ができたといって、温泉の別荘へ来ておられた。それはたしかです。僕はその変名婦人の主治医ということになっていました。それもたしかです。ところが里見さん、不思議なことには、主治医の僕は一度だって夫人の病気を見舞ったことはなかったのですよ。ハハハハハ、何と不思議じゃありませんか……」

さてはさては、大牟田子爵ばかりではない、この住田医学士さえ瑠璃子の身体を見ることを禁じられていたのだな。

「それでね、これもあとからわかったことだが、子爵が心配をされてね。僕を訪ねて、いろいろと奥さんの容体《ようだい》を聞かれたのだが、僕の返事はいつも一つです。大分よろしいようです。間もなく全快でしょう。とね。ハハハハハ」

酒のために異様に饒舌《じょうぜつ》になった医学士は、前後の考えもなくしゃべるのだ。

「では、あなたは、無報酬《むほうしゅう》の主治医を勤めたわけですか」

「どういたしまして、僕は主治医としての謝礼はけっして辞退しなかったですよ。僕は奥さんを診察するというのに、奥さんの方で見せないのですから、仕方がないじゃありませんか。それに、川村画伯のことをわけてのお頼みもありましたしね」

川村と聞いてわしはギョッとしないではいられなかった。やっぱりそうだ。瑠璃子の奇病のかげには川村めの悪智恵がはたらいていたのだな。ああわしはなんという馬鹿者だったろう。

「ホウ、川村画伯というと、もしや川村義雄君のことではありませんか。大牟田の親友だったという」

わしはさりげなく聞き返した。

「そうです、そうです。あの川村さんです。あの人が僕に頼むのです。この方は、さる良家の奥さんだが、身体のおできをひどく恥かしがっていられる。それを、旦那に見せるのが、いやさに、こうして湯治に来ているのだ。しかし、旦那様にはお医者の診察を受けている体《てい》にしておかないと、とてもやかましいので、はなはだご迷惑だけれど、名前だけの主治医になってくれ、そしてもし旦那様から容体をたずねに来るようなことがあったら、よろしく答えておいてくれ、という注文なんです。奥さんは見ず知らずの開業医にさえ、みにくい肌を見せるのはいやだと、駄々をこねたんですね。美人という奴はじつに難儀なものではありませんか。ハハハハハ」

ああ、住田医学士も大牟田子爵におとらぬ馬鹿だ。彼は医者のくせに、まんまと瑠璃子の口車に乗ってしまったのだ。

腫物だって？　ハハハハ、なんて恐ろしい、でっかい腫物だったろう。

わしは上海滞在中にそのことを考えぬいて、やっと一つの結論に到達したのだ。皆さんは瑠璃子のY温泉への転地療養がたっぷり半年もかかったことを記憶されるだろう。しかもその三月ほど前まで、わしはチフスで入院していた。その入院期間がまた、ほとんど三カ月であった。通計すると約十二カ月の間、わしたちの夫婦生活が妙なぐあいになっているのだ。

わしは幾度も指を折って数えてみた。そしてとうとうある恐ろしい秘密を感づいた。この長い別居生活と、いつかの晩川村と瑠璃子がささやいていたもう一つの殺人と結びつけてみて、わしはゾッとしたのだ。瑠璃子をY温泉へやることを、わしにすすめたのは川村だったではないか。しかも今住田医学士に聞いてみると、医師が瑠璃子を診察せぬように説きつけた男が、やっぱり川村だったという。これらの一聯《いちれん》の出来事には、偶然なんて一つもなかったのだ。すべてすべて姦夫川村義雄の恐ろしい悪智恵のたくらんだ仕事だった。

住田医学士の言葉を聞くと、もう一刻も我慢ができなかった。その翌日、わしはY温泉のもとのわしの別荘へ行ってみることにした。今頃そこへ行ったとて、何があるわけではないけれど、あの山の中の淋しい一軒家に、恐ろしい罪悪が隠されているのかと思うと、じっとしていられなかったのだ。

地中の秘密

暑い時分だったので、わしは朝早く、一番汽車に乗って、Y温泉地に出かけたが、ここでまた、思いもかけぬ幸運にめぐりあった話だ。墓穴の五日間では、わしをこのようにみにくい老人に変えてしまうほど残酷であった神様も、さすがにかわいそうに思《おぼ》しめしたのか、今度は反対にわしの復讐計画はじつにトントン拍子に進捗《しんちょく》してゆく。神様はわしの恨みをもっともに思し召し、わしの味方をしていらっしゃるのだ。わしは神の御旨《みむね》に従って、悪人どもに天罰をあたえる使命をになっているのだ。

好運というのはほかでもない。そのY温泉行きの汽車の中で、意外な人物を発見したことだ。問題の湯治中瑠璃子につきそって世話をしていた婆やの豊《とよ》が、一人ぽっちで、わしと同じ箱に乗っているではないか。先方では変わりはてたわしの姿を気づく筈はないけれど、わしの方ではどうして見逃すものか。お豊は瑠璃子の里からつきそって来た姦婦の腹心の召使なのだ。わしはS市に帰ってからまだ瑠璃子にあっていないが、このお豊を見ると美しい瑠璃子の幻や匂いを、身近にただよわせているようで、何ともいえぬいまわしい気持になった。

だが、それにしても、婆やのお豊が今時分こんな方角へ、一体何をしに行くのであろうと、汽車が止まるたびに今度は降りるか、今度は降りるか、と絶えず気をくばっていたが、なかなか降りる気配はなく、とうとう終点のY駅まで来てしまった。

さてはと、胸をおどらせながら、わしはお豊のあとにまわって、彼女を尾行したのだが、やっぱり想像にたがわず、お豊の行く先は例の山の中の大牟田家の別荘であった。

お豊は別荘の少し手前で車をすて、細い坂道をわけのぼって行く。左には谷川、右は見上げるばかりの欝蒼《うっそう》たる大森林、その山道を幾まがりした奥に、暗い森に囲まれた空き別荘が淋しくものすごく荒れはてて建っている。

別に厳重な塀があるわけではなく、押せば開く枝折戸《しおりど》をあけて、不思議なお豊は、雑草の茂るにまかせて別荘の庭へとはいって行く。

わしはそれを見とどけておいて、ソッと廻り道をして、庭につらなる森林の、とある大樹《たいじゅ》のかげに身を隠し、じっと婆やのようすを見守っていた。

深い森かげは昼間も薄暗く、どこかで鳴きはじめた蟬《せみ》の声のほかには、物音一つせぬ淋しさ。そこに取り残された廃屋《はいおく》の庭を、異様な老婆がゴソゴソと歩いて行くのだ。わしはふと何ともいえぬ恐怖におそわれて、まっ暗な大樹のうしろで、ワナワナとふるえていた。

庭の雑草のまん中に、一本の紅葉《もみじ》が立っている。お豊はそこへたどりつくと、紅葉の根もとにしゃがんで、手を合わせ、しきりと何かを拝みはじめた。

爪先《つまさき》立ててのぞいて見るが、そこには別に礼拝するようなものはない。まさか紅葉の木を拝んでいるのではあるまい。それともこの婆や、気でもちがったのかしらん。いやいや、そうではない。お豊の頬には涙が流れている。よっぽど悲しいことがあるのだ。それに、あのようすは、どうやら誰かの墓をでも、拝んでいるように見えるではないか。やっぱり、そうだ。あの紅葉の根もとに、何か恐ろしい秘密が隠されているのだ。

絶好の機会だ。今お豊を捕えて白状させなければ、いつまたこんな機会が来るかわかりはしない。そこでわしは、非常な危険をおかして、ある思いつきを決行することにした。薄暗い森の下蔭、廃屋の庭の丈なす雑草の中だ。わしの思いつきはきっと成功するにちがいない。

わしはその時、白麻《しろあさ》の背広に、白靴、パナマ帽という服装であったが、そのパナマをまぶかくし、大型のハンカチで鼻から下をスッポリと覆面して、例の黒眼鏡をはずした。つまり全身まっ白な中に、ただ両眼だけが、パナマ帽のひさしの下にギロギロ光っているのだ。

わしはその風体で、ぬき足さし足お豊の背後に近づいた。そして突然昔の大牟田敏清の声になって、

「お豊ではないか」

と呼びかけた。

お豊はたしかにわしの声を記憶していた。その証拠には、向こうむきにしゃがんでいた彼女が、わしの声を聞くと、ビクッと身ぶるいして、おずおずこちらを振り向いた時の、恐怖にひきゆがんだ顔といったら、かえってわしの方がギョッとしたほどであった。

お豊が振り向くと、そこには大牟田敏清の目だけが、じっと彼女を睨みつけていたのだ。帽子と覆面で、白髪白髯を隠し、変装の部分をすっかり覆って、そのかわりに、これだけはわしの素性《すじょう》をまざまざと語っている両眼だけを現わしたのだから、お豊ならずとも一《ひ》目《め》で大牟田子爵とさとることが出来たに相違ない。

かわいそうな老婆は、わしの目を見ると、えたいの知れぬ叫び声を発して、やにわに逃げ出そうとした。人里離れた森の下闇で、突然白装束の故人《こじん》に出会ったのだ。幽霊と思うのも無理ではない。

「お豊、お待ち、怪しいものではない。わしだよ」

ふたたび声をかけたが、おびえきったお豊は身をちぢめて、容易に近づこうとはせぬ。

「どなたです。その覆面を取ってください」

の声をお聞き」

甲高《かんだか》いふるえ声だ。

「いやこれを取らずとも、お前にはわしが誰だかわかるはずだ。この目をごらん。この声をお聞き」

わしはジリジリと婆やに近づいて行った。

「いいえ、わたくし、わかりません。そんなはずがございません」

お豊はまるで悪夢にうなされているように、死にもの狂いだ。

「そんなはずがないといっても、こうしてわしがここに立っているのが、何よりたしかな事実ではないか。わしはお前の主人だ。大牟田敏清だ。さア白状しなさい。お前はここへ何をしに来たのだ」

お豊はまるで死人のように青ざめて、石になったか息さえもせぬ。

「白状しないのだね。よろしい。それでは、そこを動かないで、わしのすることを見ているのだ。いいかね、わしが何をするか、よく見ているのだよ」

わしは別荘の物置小屋へ走って行って、一挺《いっちょう》の鍬《くわ》を持ち出してきた。そして、アッとたまげる婆やを尻目にかけながら、やにわに紅葉の根もとを掘りはじめた。柔らかい土がゴソリゴソリととれて、みるみる穴は深くなり、その底から、何か白い板のようなものが現れてきた。

「いけません。いけません。そればかりはお許しなすってください」

たまりかねたお豊が、泣き声になって、わしの手にすがりついた。

「では貴様、何もかも白状するか」

「します、します」

お豊め、とうとう泣き出してしまった。

「ではたずねるが、この土の中の白木《しらき》の箱には何がはいっているのか」

「それはアノ……いいえ、わたしがしたのじゃございません。わたしはただ見ていたばかりでございます」

「そんなことはどうでもいい。ここに何がはいっているかとたずねるのだ」

「それは、それは……」

「云えないのか。ではわしが云ってやろう。この土の中の小さな棺桶には、生まれたばかりの赤ん坊の死体がはいっているのだ。しかも、その赤ん坊は実の父親と母親のために殺されたのだ。そして、ここへ埋められたのだ。母親というのは瑠璃子だ。父親は川村義雄だ。いいか、瑠璃子は不義の子を生みおとすために、病気でもないのに、この別荘にとじこもって、人目をさけたのだ。わしが三月《みつき》も病院住まいをしているあいだに、やどった子だ。いくら悪党でも、それをわしの子と言いくるめることはできなかったのだ。腫物なんて嘘の皮さ。ただ甘い亭主をだます悪がしこい手段に過ぎなかったのさ。オイ、お豊、わしの推察に少しでも間ちがったところがあるか。あるなら云って見るがいい。それとも、この土の中の箱を掘り出して、中をあらためようか」

グングン押しつめられて、せっぱつまったお豊は、いきなりガックリ大地に膝《ひざ》をついて、サメザメと泣いた。泣きながらとぎれとぎれにしゃべり出した。

「ああ、恐ろしい。わたしは悪い夢を見ているのでしょうか、それともこの世の地獄に落ちたのでしょうか。おかくれ遊ばした旦那様が、こうして生きていらっしゃる、その上、誰知るまいと思っていた、この土の中の秘密をあばいておしまいなすった。ああ、天罰です。これが天罰でなくて何でしょう。だから、だから、わたしはいわないことではないのです。

「お生まれ遊ばすとからお育て申した瑠璃子様が、こんな大それたお方とは、この乳母《うば》は、あまりのことに空恐ろしうございます。旦那様のご承知ないやや様を、こっそり産み落とすだけでも罪深いことですのに、その生まれたばかりのやや様を、押し殺してこの淋しいところへ埋めてしまうとは。

「わたしは、奥さまにも、川村さんにも、やや様を里子《さとご》におやり遊ばすよう、どんなにおすすめしたかしれません。でも、お二人様はそんなことをしては、発覚のおそれがある。殺してしまうのが何より安全な手段だとおっしゃって、止める婆やをつきのけて、とうとう、こんなむごたらしいことをなすってしまったのです。

「忘れも致しません。ちょうど三月前の今日でございました。今日はやや様の御命日なのです。こんなところに、弔うものもなく一人ぽっちでいらっしゃるやや様がおいとしくて、わたしはコッソリおまいりに来たのです。

「旦那様、いいえ、旦那様ではない、旦那様によく似たお方、婆やをかわいそうだと思し召してくださいませ。わたしは、もう一《ひ》と月《つき》も前に、瑠璃子さまからお暇が出たのでございます。正直者の婆やが、あの方たちのお気に召さぬのでございましょう。国へ帰れといって旅費をいただいているのですけれど、ここに眠っていらっしゃるやや様がおかわいそうで、つい一日のばしに今日までグズグズ致しておりました。でも、そうそうは宿屋住まいもできませんので、今日はお暇乞《いとまご》いにおまいりをしたのでございます」

語りおわって、お豊はよよとばかり、地べたに泣きふした。

ああ、そうであったか、忠義者のお豊でさえ、見かぎるほどの悪党だ。なんで天が見のがしておくものか。神様はわしという人間の心に宿って、恐ろしい天罰を下したもうのだ。

そこでわしは、罪を悔いているお豊をなぐさめ、持っていた財布をはたいて、国へ帰る旅費なり、帰ってからの生活費なりにしてくれと多額の金をあたえ、一日も早くこのいまわしいS市を立ち去るようさとして彼女と別れた。

お豊はわしが大牟田敏清であることは信じていないようすだ。その人はたしかに死んでしまったのだし、たといどうかして生きていたとしても、ほんとうの大牟田なら、何も覆面などする必要はない筈だから、彼女は小暗い森の下蔭で、人間ではない、大牟田の死霊《しりょう》かなんぞに出会ったと迷信していたのも、けっして無理ではない。わしの目的にとっては、かえってその方が好都合なのだ。

さて、わしはいよいよ姦夫姦婦の大秘密をにぎった。土の中の赤ん坊。何というすばらしい武器だろう。わしはこの絶好の武器を思うさま利用して、憎《にく》みてもあまりある二人の大悪党を、こらしめなければならぬ。

わしが志村を東京へやって、例の奇怪な実物幻燈と、瓶詰めの赤ん坊を手に入れるように命じたのは、それから三、四日あとのことであった。

二匹の鼠《ねずみ》

今や、わしの前代未聞の大復讐計画はまったく成ったのである。ああ愉快愉快。いよいよ思いをはらす時期が近づいてきたぞ。「かわいさあまって憎さが百倍」という俗《ぞく》諺《げん》がある。じつにそのとおりじゃよ。わしは瑠璃子を、川村を、あれほど愛していたからこそ、信じていたからこそ、彼らに裏切られた憎しみは、その愛情に百倍するのだ。いや、千倍、万倍するのだ。

わしの立場は、例えば逃げ道のない袋小路へ、二匹の鼠を追いつめた猫のようなものだ。全身銀色の古猫じゃ。ウフフフフフ。皆さん、猫が鼠を殺す時の、残酷な遊戯をご存知じじゃろう。わしはちょうどあの猫の気持であった。

最後には、どのような恐ろしい目にあわせてやるか、それはこまかい点までも、ちゃんと計画ができあがっていたが、すぐさまそこへ持って行ったのではあまりにあっけない。わしの恨みはそんなあっさりしたものではなかったのじゃ。

で、順序を追ってジワジワと楽しみながら復讐事業を進めて行くことにしたが、まず第一着手として、なしとげねばならぬ三つの事がらがあった。その一つは、川村義雄とのまじわりを深くして、彼の心からの信頼を得ること、第二は川村の瑠璃子に対する情熱を陰に陽にあおりたて、わしがかつて瑠璃子に抱いていた以上の狂恋《きょうれん》におぼれさせること、第三には、このわしがひそかに瑠璃子の心をとらえ、瑠璃子を我が物としておいて、最も適当な機会に、そのことを川村に知らしめ、彼めを絶望のドン底につき落としてやること。

むろんこれは、わしの復讐事業の最後の目的でなく、ちょっとした前芸《まえげい》に過ぎないのだが、その前芸だけでも、わしのこうむったと同じ、あるいはそれ以上の心の痛手を、川村に負わせてやることができるというものだ。

さて、Y温泉の別荘で、あの恐ろしい発見をしてから、一週間ばかりは別段のこともなく過ぎ去った。むろんその間に、川村義雄が、数回たずねて来て、わしたちの間がらは計画どおりだんだんうちとけていったのだが、彼はわしの顔を見るたびに、大牟田瑠璃子の伝言をつたえ、さも自慢げに彼女の美しさをほめたたえるのであった。

「夫人はあなたからの贈り物を大変喜んで、近日中ぜひお礼にうかがうけれど、くれぐれもよろしく申し上げてくれということでした。それから、夫人はあなたの方からも、どうかおたずねくださるようにと、くり返し伝言を頼まれているのです。どうですか、一度大牟田家をおたずねになっては」

川村がすすめるのを、わしは首を振って、

「いや、そのうちおたずねしますよ。敏清こそなつかしいが、瑠璃子夫人はまったく知らぬ人ですからね。それに、わしはこの歳をして、妙にはにかみ屋で、婦人の前へ出ることをあまり好みませんのじゃ。その婦人が美しければ美しいほど困るのです。しかし礼儀としても一度参上しなければなりません。いずれそのうちとよろしくおつたえください」

と、まずぶっきらぼうな返事をしてみせたものじゃ。すると、川村めやっきとなっていうことには、

「それは残念ですね。しかし、もしあなたが、瑠璃子さんを一目《ひめ》ごらんなすったら、いくらご老人でも、なぜこのような婦人にもっと早く会わなかったかと、後悔なさるにちがいありませんぜ。それに、いくらあなたの方で訪問を見合わせても、あの調子だと夫人の方からやって来ます。あなたを驚かせにやって来ます」

「ホホウ、そんなに美しい人ですか」

とわしが水を向けると、川村はもう有頂天になって、弁じ出すのだ。

「死んだ大牟田君は、常に日本一の美人だと誇っていました。僕もそう思いますね。生まれてから、あんな女性を見たことがありません。顔の美しさはいうまでもありませんが、言葉つきと云い、声の調子と云い、物腰と云い、その上社交術の巧みさという

ものは、何から何まで一点非の打ちどころもない、ほんとうにその名のとおり瑠璃のような麗人です」

こいつめ、よくよく瑠璃子におぼれているな。わが情人を、こんなにほめそやすようでは、さすがの悪人も、恋にはわれを忘れるものとみえる。わしに取っては思う壺《つぼ》というものじゃ。

「それはあぶない、そんな美しい未亡人が社交界などに顔出ししていては、じつに危険千万ではありませんか」

「いや、その点はご安心ください。及ばずながら、故子爵の親友の僕がついています。夫人の行動はすっかり僕が見守っています。貞節な夫人がそんな誘惑にまける筈はありません」

「なるほどなるほど、あなたのような立派な保護者がついていれば安心です。いや保護者というよりも、あなたなれば、夫人の夫としても恥かしくはありますまい。ハハハハハ、いやこれは失礼」

冗談らしくさそいかけると、川村め、すぐさまそのさそいに乗って来たではないか。

「ハハハハハ、僕なんか。……しかし、僕は変な意味ではなく、心から瑠璃子さんを愛しています。いや、尊敬しているといった方がいいかもしれません。夫人を守るためには、昔の騎士のように、身命を賭《と》しても惜しくありませんよ。ハハハハハ」

と、まあこんな話から、川村の訪問が二度三度と重なるに従って、だんだん無遠慮になって、

「実は僕、ある婦人と婚約しようかと思っているのですが」

などと、大胆なことを言い出すようになった。

「それは結構です。相手のご婦人も、どうやら想像できぬではありません。双手を上げて賛成しますよ。こうしてご懇意を願っているからには、及ばずながら、わしも大いにお祝いさせてもらいますよ」

と、おだてると、奴め相好をくずして、ホクホクしながら、

「ほんとうにお願いします。あなたのお力ぞえは僕にとって百人力です」

と、わしの手をとらんばかりだ。喜ぶ筈である。大牟田家の親戚にあたる、しかも大成金のわしというしろ盾があれば、彼の野望もまんざら夢とばかりはいえないのだ。

巨人の目

さて、Y温泉をたずねてから、一週間目の話である。瑠璃子は、いくら誘ってもわしが訪問せぬものだから、じれて、その夜彼女の方から川村と連れだってわしのホテルをたずねて来た。

わしは毒婦の顔を見てやりたくて、ウズウズしていたのだ。瑠璃子のような姦婦を手なずけるには、わざと冷淡に見せかけて、相手をじれさせるのが一つの骨《こつ》である。(ああ、大名華族の若さまが、こんなさもしいことを考えるようになったのだ。それも誰ゆえだろう)案のじょう彼女はじれて、待ちきれなくて、先方からわしがひろげた網の中へはいって来た。

電話でこちらの都合を聞き合わせて来たので、お待ちしますと答えてちゃんと用意(それがどんな用意であったと思います)をととのえておいたのだけれど、しかし、いざ対面となると、さすがに胸がおどった。

美々しく飾った専用の客間で待っていると、仕立ておろしの洋服を着た川村義雄を先に立てて、いよいよかつてのわしの愛妻瑠璃子がはいって来た。しずしずとはいって来た。

川村の紹介の言葉につれて、彼女はしとやかに挨拶した。

見おぼえのある、わしの好きな柄の和服姿、頭に指に、光り輝く宝石、薄化粧の匂やかな頰、赤い唇。ああ、なんたる妖婦《ようふ》であろう。夫を殺し、わが産み落とした子供をさえしめ殺して悔ゆるところなき極悪人でありながら、このなよなよとした風情はどうだ。この顔の美しさはどうだ。美しいよりも、むしろなまめかしいのだ。

わしは思わずゾッと身ぶるいを禁じ得なかった。この愛らしい顔をした女が、果して最後まで憎みとおせるだろうか。いかなる鉄石心もこの妖婦にあっては飴《あめ》のようにとろけてしまうのではあるまいか。ドッコイ狐につままれてはならぬぞ。しっかりしろ、お前は復讐の神にささげた身ではないか。

わしはグッと心を引きしめ、例の練りに練った作り声で適当に挨拶を返した。

瑠璃子はむろんこのわしが、曾《かつ》ての夫であろうとは少しも気がつかぬ。変わりはてた白髪白髯、それに肝腎《かんじん》の両眼は黒眼鏡で覆われているのだ。いくら昔の女房だとて、これが見分けられるものではない。

三人は思い思いにソファや肱掛椅子に腰をおろして、お茶をすすりながら、よも山の話をはじめた。

瑠璃子は、やがて子爵家の跡目相続《あとめそうぞく》をした近親のものが邸へ乗りこんで来ること、そうなれば親族会議の結果さだめられたあてがい扶持《ぶち》で別邸に住まねばならぬこと、それにつけても、あなたは子爵家の遠い縁者にあたるのだから、何分のお力添えが願いたいなどと、しんみりしたうちあけ話さえしたものだ。高価なわしの贈り物が、よくよく彼女の心をとらえたものとみえる。

それにしても、おかしいのは、あの慾ばりの瑠璃子が恋のためとはいえ、子爵家の財産を棒に振ってしまったヘマなやり口だ。わしを殺す前になぜ相続者を産んでおかなかったのだ。そこへ気のつかぬ女でもあるまいに。

いや、産むことは産んだ。川村との間の隠し子を産んだ。しかし、さすがの姦夫姦婦も大手ちがいをやって、わしの病気入院中に子供をこしらえてしまったものだから、いかにずうずうしい彼らでも、それをわしの胤《たね》だと言いくるめる術《すべ》はなく、全身の腫《でき》物という奇想天外の口実を作って、やっとわしの目を逃れ、Y温泉の別荘でその子を産み落とした。そして殺してしまった。何も殺さなくてもほかに手段もあったろうが、そこは鬼のような姦夫姦婦のことだ。わが子に対する愛着など微塵《みじん》もなく、ただ自分たちの罪の発覚を恐れたのだ。

せっかく産みは産みながら、飛んだ手ちがいで、あわよくば、子爵家のあと取りにもなれる子を、あと取りどころか、命さえ奪わねばならなかったとは、悪事の報いは、わしの復讐を待たずとも、はやそこにも現われていたというものだ。

それからまた、相続者のことも考えないで、なぜこのわしを殺すようなヘマをやったのか。これは恋に狂った川村のあと先考えぬ独断であったのだ。そのことでは、姦夫姦婦の間に悶着《もんちゃく》が絶えぬということが、あとでわかった。瑠璃子にしては、いやな大牟田敏清を殺してくれたのはありがたいが、そのために子爵家の実権を失うのが口惜《くや》しかった。あの財産を我がものにし、栄耀栄華《えいようえいが》ができぬのが残念だった。

だが、何がさいわいになるか、姦夫姦婦の間にこの悶着があったればこそ、瑠璃子が子爵家の財産を失ったればこそ、わしの復讐計画があんなにもみごとに成功したのだ。なぜといって、瑠璃子がもし、元のように子爵家の実権をにぎっていたなら、たとえわしがどれほどの資産をもって誘惑したところで、あのようにたやすくなびかなんだであろうから。

それはさておき、そうして話しあっているうちに、さだめの時間が来た。午後八時というさだめの時間が近づいて来た。誰と誰との間にさだめた時間だか、それは今すぐ申し上げる。

そこで、わしは洗面所へ立つふりをして、次の室へはいった。むろんそこもわしの借りきりになっているのだ。そして、ドアをしめると鍵穴に眼をあてて、今か今かと、事の起こるのを待ちかまえた。

見ていると、そのわずかの間《ま》さえ、離れているにたえないのか、川村の奴はコソコソと瑠璃子のソファへ席をかえ、彼女にすりよってその手を取った。

「およしなさい。里見さんが帰っていらっしゃるわ」

瑠璃子はまんざらいやそうでもなく、小声で男をたしなめた。

「なあに構うもんか。里見さんもうすうすは感づいているのだ。先生僕らを似合いの夫婦だと言ってたぜ」

川村は美しい顔に似合わぬずうずうしさで、ギュッと女の手をにぎりながら、

「だが、大丈夫かい。僕は少し気がもめるぜ」

と、はややきもちを焼きはじめた。

「あら、なんのことなの」

瑠璃子が空とぼけると、川村はわしののぞいているドアの方をあごでしゃくって、

「あの先生さ。君はどうも慾ばりだからね。子爵にさえ惚れたんだから、子爵の何倍という金持の里見さんは、いくら老人でもあぶないよ。君のような虚栄女《きょえいおんな》は、どうも不安でしようがない」

ああ何という口のきき方だ。これがS市社交界の紳士とあがめられる人物の言い草

だろうか。

「まさか。……それにあの方は女嫌いだっていうじゃありませんか。さもしい邪推はおよしあそばせ」

瑠璃子はちょっと川村を打つ真似をして、あでやかに笑った。

と、その時、突然部屋がまっ暗になってしまった。

「あら」という瑠璃子の軽い叫び声。

「停電のようだね」と川村の声。

フフン、何が停電なものか。わしの秘書役の志村が約束どおりホテルの配電室に忍び入り、そのスイッチを切ったのだ。Sホテル内だけの人工停電だ。わしがさっきさだめの時間といったのはこのことであった。

わしは急いで、部屋の一方に仕かけておいた小型の機械のそばへ走って行った。すると間もなく、隣の客間から、たまぎるような女の悲鳴が聞こえて来た。瑠璃子の声だ。

なぜ彼女は悲鳴を上げたのか。

それは無理もないのだ。停電のまっ暗になった客間に、いとも不思議な妖怪が現れたのだ。

暗闇の中に、薄ぼんやりと、何かモヤモヤしたものが二つ現われたかと思うと、徐々《じょじょ》にそれが恐ろしい物の形に変わっていった。闇の空間に二つの目が、各々が畳半畳もある、ギョッとするほど巨大な二つの目が、ジッとこちらを睨んでいたのだ。

川村も瑠璃子も、幻影だと思ったにちがいない。しかし、幻影にしては、いつまでたっても消えぬのが少し変ではないか。しかし、その巨人の目は、けっして初対面ではなかった。見ているうちに、それが、かつて実在した或る人物の目に似て来るのだ。おおそうだ。死んだ大牟田敏清の目だ。それが百千倍に拡大されて、今姦夫姦婦の前に浮き上がり、闇の中から彼らを睨みすえているのだ。

さすがの毒婦もそれを悟ると、あまりの恐ろしさに、思わず悲鳴を上げて、川村にしがみつき、川村も叫びだしそうになるのをグッとかみしめて、巨人の目を見つめたまま腋の下と額から、つめたい脂汗を流した。

と想像するのだ。わしが見たわけではない。見ようにも見られないではないか。なるほどわしの目は千倍の大きさになって彼らの前にあったけれど、それは、わしの目の影に過ぎなかった。本物のわしは、隣の部屋に仕かけた実物幻燈の中へ、黒眼鏡をはずした顔をさし入れて、屋外の電燈線につないだ二百燭光(注9)の電球とすれすれに、まぶしいのを我慢しながら、またたきもせず目を見はっていたのだ。つまりお化《ばけ》のような巨人の目は、わし自身の両眼を実物幻燈の仕かけによって、客間の壁に写したものなのだ。

種を割ればあっけないが、当時実物幻燈なんて誰も知らなかったのだ。姦夫姦婦は、死者の亡魂《ぼうこん》がなせる業《わざ》か、心の呵責《かしゃく》から起こった幻かと、迷いながらも、極度の恐怖におびえ、その効果は予期以上のものがあった。

瑠璃子の悲鳴を合図のように、パッと電燈がともった。いうまでもなく、配電室の志村が頃を見はからってスイッチを入れたのだ。

電燈がつくと、わしは何食わぬ顔でドアを開き、客間に戻った。

「おや、どうかなすったのですか」

予期したことながら、あまりにも覿面《てきめん》な効果に、わしは思わず声をかけた。

瑠璃子も川村も、真実幽霊を見た人のように、うつろな目でキョトキョトと部屋を見まわし、額には玉の汗を浮かべ、唇はかわき、青ざめた顔色は、彼らこそ幽霊ではないかと怪しまれるばかりであった。

「いや、別に。突然暗くなったので、ちょっとびっくりしたのですよ」

川村は弁解するようにいって、ソッと唇をなめた。

ワハハハハハ、愉快愉快、わしはまず小手しらべに成功したのだ。この分だと、前芸もうまく行きそうだぞ。ではボチボチ取りかかることにしようかな。

不思議なる恋

それからまた数日が経過した。

その間にわしは一方では川村を手なずけ、このわしを無二の親友と思いこませることと、また一方では瑠璃子に接近し、彼女の心を得ることに、全力をつくした。

その甲斐あって、今では川村はわしを実の父のように思い、何もかもうちあけてわしの意見を求め、はては悪い相談まで持ちかけるほどになった。

わしたちは車をつらねて、よく料理屋へ行ったものだ。そこではいつも、土地の売れっ子芸者をすぐって、弾《ひ》けよ歌えよのらんちき騒ぎがはじまった。呑み助の川村は、酔っぱらうと優しい顔に似げなき狂態を演じた。

わしはそのグデングデンに酔っぱらった川村をそそのかして、よく瑠璃子の住まいへ送ってやったものだ。女が酔っぱらいを好く筈はない。

瑠璃子の心は、この狂態を見せつけられるたびごとに、川村から離れて行くように見えた。

川村を離れてどこへ行く。いわずと知れたわしへ来るのじゃ。瑠璃子め、かつては嫌いぬいたこのわしを愛しはじめたのじゃ。女の心ほどえたいの知れぬものはない。白髪白髯のこの親爺のどこがよくてか。いわずと知れた金である。栄耀栄華といっしょにこのわしの白髪頭までが尊く見えたのかも知れない。

「あなたは、年寄りだ年寄りだと、一人で老いこんでいらっしゃいますけれど、お見うけ申したところ、けっしてそうでございませんわ。そのつやつやしたお顔色、立派なご体格、まるで三十そこそこの青年でいらっしゃいますわ。おぐしだって、みごとにまじりけのない、まっ白で、赤茶けたのなんかよりは、どんなに美しいか知れやしませんわ」

彼女はそんなふうに、このわしをほめたたえるのだ。

わしは彼女としたしくなるにつれて、父親が娘をいたわるように、時として彼女の身体にさわることもあれば、手をにぎることさえあった。そんな時、瑠璃子は、何気なくわしの手をにぎり返して、ニッとなまめかしい笑顔を向けるのだ。

そのたびごとに、わしはまるで背筋へ氷でもあてられたように、ゾーッと身の毛がよだった。うっかりしていると、復讐のことなぞ忘れて、真から身も心もとろけてしまうように思われた。

彼女はその頃はもう、あてがい扶持の別邸住まいになっていたが、そこから川村の目を忍んで、独りでわしのホテルへ遊びに来ることもあった。

ある月のよい晩に、ホテルのバルコニーへ出て、瑠璃子と二人きりで、話をしたことがある。わしは今もその時の何ともいえぬ変な気持を忘れることができない。わしは月の光を全身にあびて、籐椅子《とういす》にもたれていた。瑠璃子は、うしろから、椅子の肩によりかかって、肩越しにわしの顔をのぞきこむようにして、あの悩ましい微笑みを見せていた。

月光が彼女を夢の国の妖精《ようせい》のように美しく見せた。わしはウットリと彼女に見いり、覚めながら夢見ていた。

お前はこれでも不満足なのか。たとえ嘘にもせよ、これほどの女の愛情を買うことができるのだ。お前には使いつくせぬ財宝もある。その財宝とこの美女とを我がものとし、平和に余生を終わる気にはなれないのか。

恨みというのか。恨みがなんだ。たとい一夜にしてお前の髪の毛を白くしたほどの恨みにもせよ、いずれ浮世《うきよ》の道化芝居《どうけしばい》の一《ひ》と幕《まく》に過ぎないのではないか。

月光の魔力であったか、美女の魔力であったか、一刹那、わしは心弱くもそんなことを考えた。しかし、先祖以来伝わった復讐心が、たちまちにして、束の間《つかのま》の夢心地を追いのけてしまった。

「目には目を、歯には歯を」このほかに真理はないのだ。

わしは所詮《しょせん》、地獄の底から這いだした、白髪の復讐鬼のほかのものではなかった。

瓶詰めの嬰児

さて、いよいよ復讐劇の序幕を開く時が来た。ある日わしは次のような招待状を発して、ホテルへ三人の客を集めた。

> 老生此度《ろうせいこのたび》郊外にささやかなる別荘を買い求め候《そうろう》については来る十五日別荘開きの小宴を催し度《たく》当日午後一時Sホテルまで御光来を得ば老生の喜び之《これ》に過ぎず候尚《なお》別荘へはホテルより自動車にて御同道申上ぐる予定に有之《これあり》候。

わしの招待状によって当日集まった客というのは、川村義雄、大牟田瑠璃子、住田医学士の三人であった。住田医学士は莫大な礼金をせしめて瑠璃子の仮病を見て見ぬ振りでいた、もとのY温泉の開業医である。

人数が揃うとわしたちは、当時全市にたった三台しかなかった自動車に同乗して目的地に向かった。

「僕たちは三人とも、まだその別荘の所在地をうかがっていないようですが。妙ですね、里見さんは、わざとそれを隠していらっしゃるように見えるではありませんか」

自動車が市街を出はずれる頃になって、川村がふとそれに気づいて変な顔をしてたずねた。

「あなた方をびっくりさせて上げようと思ってね。アハハハハハ」

わしはさもおかしそうに笑った。

「ああ、その別荘はきっと意外な場所にあるのですわ。もしかしたら私たちの知っている家かもしれませんわね。里見さん、一体誰からお買い取りなさいましたの」

瑠璃子が興がってたずねた。

「誰からですか、わしはよくぞんじません。秘書役の志村が万事取りはからってくれましたのでね」

わしはあまり笑ってはいけないと思いながら、つい唇の隅に妙なニヤニヤ笑いを浮かべないではいられなかった。

　自動車はでこぼこの田舎道《いなかみち》をゆれながら進んで行った。進むにつれて、岐路《えだみち》がなくなり、だんだんわれわれの進路がハッキリして来た。

　しばらくすると、川村が頓狂《とんきょう》な声で、

「おや、この道はY温泉へ出る街道じゃありませんか」

　と叫んだ。

「なるほど、おっしゃるとおりだ。では、ご別荘はY温泉の近くにお求めなすったのですね」

　住田医学士が合槌《あいづち》を打つ。

「あたりました。そのとおりですよ。わしの新別荘はY温泉のはずれにあるのです」

　わしの答えを聞くと、川村と瑠璃子とが不安らしくチラと目を見かわした。二人ともそれからは黙りこんでしまって、顔色も何となくすぐれぬように見えた。

「さア皆さん、わしの買い入れた家というのは、ここですよ」

　自動車が止まったのは、ほかならぬ例の大牟田家の小別荘の前であった。瑠璃子が長らく湯治に来ていた家だ。つい近頃その庭に不義の子の死骸を埋めてあることを発見した家だ。

　わしは莫大な費用を使ってこの家を手に入れた。大牟田家ではぜひなければならぬほどの別荘でもないのでとうとう手離すことになった。瑠璃子は今ではあてがい扶持の別邸住まいなので、ついそのことを知らずにいたのだ。

案のじょう、姦夫姦婦の驚きは見るも気の毒なほどであった。彼らは車を降りると、まっ青な顔をして何かヒソヒソささやいている。

「なあに偶然だよ。まさか里見が例の一件を知っている筈もなし。しっかりしなさい。ここで妙なそぶりをすれば、かえって疑いを受けるもとだ。平気でいなければいけない」

川村は多分そんなふうに瑠璃子をはげましているのだろう。

「さア皆さん、どうかおはいりください」

わしは先に立って門内へはいって行った。玄関には先着の志村が新しい女中たちを従えて出むかえている。もうこうなったら、川村も瑠璃子も引き返すわけにはいかぬ。ビクビクしながらも、まさかあの恐ろしい嬰児殺しの秘密がばれていようとは知るよしもなく、たかをくくって客間に通った。

客間は襖から畳からすっかり新しくなって、見ちがえるように美しく飾られている。志村がわしの命令どおり計らったのだ。

「里見さん、じつに奇縁です。あなたはご存じなかったかも知れませんが、この別荘はもと大牟田家の持ち家だったのですよ。ここにいらっしゃる瑠璃子夫人なぞも、この家に長い間滞在されたことがあります」

住田医学士が何の気もつかず、お世辞のつもりで痛いことをしゃべり出した。

「ええ、そうですわ、わたくし、この別荘を売りに出したことを少しも存じませんで……それにしても不思議なご縁でございますわね。わたくしが病《やまい》を養っておりました部屋もついこの向こうにございますわ」

さすが妖婦《ようふ》、いつか顔色をとりなおし、平然と応対している。

「おやおや、そうでしたか。こいつは大しくじりだ。志村の奴わしに何もいわないものですから、非常に失礼しました」

わしが白々《しらじら》しくわびてみせると、相手もさるものじゃ、

「いいえ、同じ人手に渡るにしましても、あなたがお求めくださいましたので、こんな仕合わせはございません。いつでも見たい時には見せていただけますもの」

とバツを合わせて来る。

「それでは、座敷をお見せするにも及びませんが、しかし、中には模様替えをした部屋もあり、少しも手をつけないでもとの風情《ふぜい》を残した部屋もあり、いく分は様子が変わっているかもしれませんから、一《ひ》と通《とお》りご案内しましょう。瑠璃子さんのご病室な

ども、思い出深いものがあるでしょう」

わしは何気なくいって先に立ち、部屋から部屋へと見てまわった。どの部屋も瑠璃子が湯治に来ていた時分とは、すっかり模様が変わっていた。なぜそうしたか。ある一室の陰惨《いんさん》な感じを引き立てるためであった。明るい部屋部屋の間《あいだ》に、たった一と間、少しも手を加えぬ、しめっぽい古部屋が残っているのはいかにも効果的ではないか。いうまでもなく、それは瑠璃子の使用した病室だ。彼女が不義の子を生み落とした罪の部屋だ。

わしはその部屋を最後に残しておいた。よく子供がするように、一ばんおいしいご馳走はあとまで残して楽しむのがわしの流儀だ。だがとうとうその部屋へ来た。わしは襖の引き手に手をかけながら客たちを振り向いていった。

「あなた方は怪談をお好みではありませんか。もしおいやなればよしてもいいのですが、じつはこの部屋は怪談の部屋なのですよ」

瑠璃子も川村も、この不気味な言葉にギョッとしたらしかったが、弱みを見せてはならぬと思ったのか、つけ元気で、ぜひ見たいものだと答えた。

それではお見せしましょう、とわしは襖を開いた。赤茶けた畳、くすんだ襖、すすけた障子、陰気な茶色の砂壁、古めかしい掛軸《かけじく》、見るからに曰《いわ》くのありそうな六畳の部屋だ。障子の外は縁側になって、庭に面しているのだが、曇り日のためか、軒が深いせいか、室内はまるで夕暮れのようにうす暗い。

「どうしてこの部屋だけ手入れをしなかったかと云いますとね。この陰気な味が妙にわしの心をひいたからですよ。そうは思いませんか。まるでうす暗い世話狂言《せわきょうげん》の舞台でも見るような、何ともいえぬ味わいがあるではありませんか」

三人の客は、皆この部屋をよく知っている。住田医学士はただわしの奇妙な趣味を不思議に思っているようすだったが、あとの二人は、つまり姦夫と姦婦とは、これが恐れないでいられようか。瑠璃子のごときは唇の色を失って、立っているのもやっとのように見えた。

川村は川村で、これもまっ青になって、床の間の一物を、不思議そうに見つめている。彼が見つめるのも無理ではない。そこには、この古めかしい部屋にふさわしからぬ、新しい桐の箱が置いてあったのだから。

住田医学士もそれに気づいたとみえて、

「あれは何です。お茶の道具でもなし、人形箱でもなし、どうやら因縁《いんねん》のありそうな品ですね」

と尋ねた。

「因縁ですか。いかにも恐ろしい因縁のこもった品ですよ」

わしは不気味に答えた。

「ホホウ、ますます怪談めいて来ましたね。ぜひ拝見したいものです」

住田医学士はそう云いながら、しかし、うそ寒く肩をすぼめた。

「まあお待ちなさい。これについては一条の物語があるのです。事実怪談ばなしなのです。ほとんど信じられないほど恐ろしい事がらなのです。ほら、そこの畳をごらんなさい。大きな薄黒い斑点《はんてん》が見えるでしょう。何だと思います」

わしは講釈師のように思わせぶりに話を進めていった。

「なるほど、ボンヤリと、何かのこぼれたあとがありますね。これが血痕ででもあったら、ほんとうの怪談ですね」

住田医学士が独《ひと》りで応対する。姦夫姦婦は云いしれぬ不安におののいて、口をきく元気もないのだ。

「ところが、どうもこれは血痕らしいのですよ」

わしはズバリと言った。

「エ、エ、血、血ですって」

医師は商売がらにも似げなく驚いて見せる。

「わしはこの家の修理を終わると、秘書の志村に命じて庭の手入れをさせたのです。あれは器用な男で庭のことも少々は心得ているのでね。志村は一人でコツコツ土いじりをやっていましたが、紅葉の木を植えかえようとして、その根もとを掘っていた時、実に驚くべき一物を発見したのです。ほら、あれです。あの紅葉です」

わしは障子を開けて、一同に庭を見せた。そこの中ほどに、いつかこのわし自身が根もとを掘った紅葉の木が立っている。わしが老婢《ろうひ》お豊と妙な問答をした場所だ。

「それが何であったと思います。皆さん、びっくりしてはいけませんよ。生まれたばかりの赤ん坊の死骸が、小さな木箱に入れて埋めてあったのです。何者かがこの空き別荘に忍びこんで死児を産み落としたのかも知れない。それとも、生かしてはおけない不義の子かなんかで、生まれるとすぐ、実の親の手でしめ殺したのかもしれません。サア、こう考えると、この畳の斑点が何であるかも、うすうすわかるような気がするではありませんか」

誰も答えるものはなかった。うす暗い室内に青ざめた三人の顔が、物の怪《もののけ》のように浮いて見えた。瑠璃子川村の恐怖はいうまでもないが、お人好しの住田医学士も、ここまで聞いては、さてはと一切の秘密を悟らぬわけにはいかぬ。

誰もわしが故意にこの秘密をあばいたとは思わぬ。ただ偶然に発見したのだと思っている。それがまだしも仕合わせというものだ。この大秘密をあばいている男が、じつは、死んだとばかり思いこんでいた大牟田子爵のなれのはてと知ったら、姦夫姦婦は、そのまま息の根も絶えてしまったかも知れない。

「で、その子供は、どうしましたか。警察へお話しになりましたか」

やっとして住田医学士が不安らしくたずねた。

「いや、警察へ届けたところで、いたずらに母親を苦しめるばかりです。すんだことは致し方ありません。その母親も恐らくはこれにこりて、二度と不義いたずらはしないでしょう」

だが瑠璃子よ、安心してはいけないぞ。警察沙汰にしないのは、その実わしの慈悲心からではなく、法律などのくわだて及ばない大復讐をなしとげるための方便にすぎないのだから。

「で、子供は？　子供は？」

たまりかねた川村がはじめて口をきいた。その声のみじめにふるえていたことは。

「不思議なこともあるものですよ。その赤ん坊はまるで生まれたばかりのように少しも腐敗せず、死んだ時のままの姿で、箱の中に眠っていたではありませんか。執念ですよ。小さいものが生きよう生きようとする精気でしょうか。いや、それよりも恐らくは、姦夫姦婦のためにあざむかれた男の、恨みにもえる執念のなせる業ではありますまいか。恐ろしいことです」

「で、その子供は？　その子供は？」

川村が同じ言葉を、上《うわ》の空《そら》でくりかえした。

「ごらんなさい。ここにいるのです」

わしはツカツカと床の間に近づいて、例の桐の箱の蓋をとり、中から大きなガラス瓶を取り出して、一同の前に置いた。

と同時に、「クウー」というような異様なうめき声がしたかと思うと、瑠璃子が、紙のように青ざめた瑠璃子が、目をつむって、川村の両手の中に倒れかかっていた。さすがの姦婦も、この恐怖には、最後の力もつきて失神したのであった。

ガラス瓶の中には、手足をかがめ、顔も何も皺《しわ》くちゃになった、灰色の赤ん坊が、白い目でじっとこちらを睨んでいたのだ。

黄金の秘仏

皆さん、わしの異様な身の上話は、指を折って見ると、もう一週間も話しつづけた。

獄中に月日はないというものの、話し手のわしはともかく、聞き手の皆さん、ことにわしの話を速記してくださる方は、ずいぶんウンザリなさったことじゃろう。

だが、わしの恐ろしい復讐談はいよいよこれから大眼目《だいがんもく》にはいるのじゃ。もうしばらく我慢をして聞いてください。

昨日は、わしが姦夫姦婦を、Y温泉の別荘へさそい出して、思う存分苦しめ怖がらせたことをお話しした。姦婦の瑠璃子は、わしが用意して置いた瓶詰めの赤ん坊を見て、わが罪業《ざいごう》の恐ろしさにたえかね、気を失ってしまったほどであった。

しかし、あれなどは、わしの復讐計画のホンの前芸に過ぎないのじゃ。姦婦が気絶したくらいのことで癒《い》える恨みではない。皆さん、わしが彼らのためにどんな目にあったか思い出してください。わしはおぼれきっていた愛妻にそむかれたのじゃ。いや、川村のために彼女を盗まれたのじゃ。その上、彼らはわしを殺したのじゃ。さいわい、蘇生《そせい》はしたものの、その時はすでに、彼らのために出るに出られぬ墓穴にとじこめられていた。わしは生き埋めにされたのじゃ。五日間というもの、わしがその暗闇の洞窟の中で、どのような苦しみをなめたか。わしの白髪を見てください。三十歳の若い身空で、このまっ白な白髪頭。わしはその地底の五日間に、三十年の苦しみをなめつくしたのじゃ。そして、墓穴を抜け出した時には、心身ともに六十歳の老人と化していたのじゃ。古往今来《こおうこんらい》、これほどの苦しみをなめた人間がほかにあっただろうか。

復讐とは、受けた苦痛とカッキリ同じものを、相手に返上することだ。姦婦瑠璃子を気絶させたくらいでは、わしの受けた苦しみの百分の一にも足らぬではないか。ウフフ……皆さんそうじゃろうが。つまりわしは、これからまだ、今までの百倍の苦痛を、姦夫と姦婦に味わわせてやらなければならないのだ。わしの仕事はこれからなのだ。

さて、大牟田瑠璃子の気絶騒ぎは、さいわいその場に住田医学士が居合わせたので、介抱よろしきを得て、別段のこともなく終わったが、それ以来というもの、姦夫姦婦の心の隅に恐ろしい不安が、つきまとって離れなかった。

だが、こわがらせるのが目的でしたこととはいえ、怖がらせきりにしてしまって、警戒心など起こされては、これからの計画を行う上に都合が悪い。わしは今度は、逆に彼らの恐怖心を柔らげるために骨折らねばならなかった。つまり昔の裁判官が拷問《ごうもん》を行う場合、存分痛い目をみせて、犯人が苦しみ疲れた頃を見はからい、一《ひ》とまず責め道具を引っ込め、水を飲ませたり、粥《かゆ》をすすらせたりして、いたわってやるのと同じ理窟で、次に与える苦痛を、一層効果的にする手段に過ぎないのだ。お多福の面で引き寄せておいて、ガラリと鬼の面に変わるという奴だ。

そこで、翌日わしは瑠璃子を訪ねて、丁寧に詫言《わびごと》をした。

「昨日はじつに申しわけのない失策でした。あまり不思議な代物《しろもの》を発見した珍しさに、年甲斐もなくつい調子にのって、芝居がかりになってしまって、ひどい目にあわせましたね。ただお話だけにして、赤ん坊の死骸なんかお目にかけなければよかったのです。まったく申しわけありません」

瑠璃子は、まだ幾分青ざめて、不安らしく目をキョトキョトさせていたが、わしの詫言を聞くと、

「いいえ、わたくしこそ、皆様をお騒がせして、ほんとうにお恥かしいですわ。赤ん坊の死骸を見て目を廻すなんて、殿方にはさぞおかしかったでございましょうね。気が弱いものですから」

と弁解がましく答えた。このようすでは、別にわしの所業《しょぎょう》を疑ってもいないらしい。わしがあの別荘を買い入れたのも、赤ん坊の死骸を瓶詰めにしておいたのも、偶然にしては少し変にちがいないのだが、瑠璃子はわしを南米帰りの里見重之と信じきっているので、まさかわしが彼らの秘密を知り、故意にあんな芝居をやったとは気がつかぬのだ。いや、そんなことよりも、彼女にしては昨日の少し大げさ過ぎた驚き方を、何と弁解したものかと、心を砕いているので、わしを疑う余裕などはないのだろう。

「で、あの子供の死骸はどうなさいまして？　やっぱりあのまま保存なさいますの？」

瑠璃子は不安らしくたずねた。もしあんなものが其の筋の耳にはいって、表沙汰にでもなったら、姦夫姦婦にとって、容易ならぬ一大事だ。

「いや、わしはすっかり懲《こ》りてしまいましてね。あれはもとの土の中へ埋めることにしましたよ。そしてその上に、あのかわいそうな赤ん坊の墓を建ててやろうと思っているのです」

わしが答えると、彼女は嬰児を埋めると聞いて、ホッと安堵したらしかったが、墓を建てるというので、またもや心配顔だ。

「まあ、お墓でございますって？」

「ええ、お墓ですよ。しかし、普通の墓ではありません。ありふれた石塔なんかじゃありません。煉瓦造りでね。小さい蔵を建てるのです」

「まあ、蔵を？　あんな不便なところへ」

「わしは、支那で手に入れた、黄金の秘仏を所持しておりますが、トランクの中へつめこんでおくのはいかにももったいないので、どこか安置する場所はないかと考えていたのです。そこへ今度のことがあったので、ちょうどさいわいです。あの赤ん坊の冥福《めいふく》を祈ってやる意味で、お墓のかわりに、煉瓦のお堂を建て、そこへ秘仏をおさめようと思い立ったわけです」

「金むくの仏像でございますの？」

瑠璃子め、黄金仏と聞いて目を輝かした。どこまでいやしい女であろう。

「そうですよ。妙なことから手に入れたのですが、わしのつもりでは、日本の宝を一つふやしたのだと思っています。目方は六百匁《もんめ》(注10)ほどで、金地金《きんじがね》としては大したこともありませんが、非常に古い美術品として、計り知られぬ値打があるのです。まあいわばわしの貴重な財産です。それを保存しておく建物だから蔵といったので、一方例の赤ん坊の霊をなぐさめる意味では墓であり、仏像安置の場所としてはお堂ともいえるわけですね」

ところで皆さん、黄金の仏像なんて、まるで嘘っぱちなのだ。わしは散歩の折、場末の古道具屋で、つまらない今出来の阿弥陀像を買った。そいつに金メッキをして、今いうお堂の中へ安置するつもなのだ。

なぜそんな嘘をいうのか。これには深い仔細があるのだ。わしのほんとうの目的は、赤ん坊の埋めてあったところへ、一種奇妙な煉瓦造りの小部屋を建てることであった。その建物に、皆さんもきっとびっくりするような、前代未聞のからくり仕かけをこしらえたのじゃ。むろんわしの大復讐の手段としてね。それがどんな奇妙な恐ろしい仕かけであったかは、やがてわかる時が来るじゃろう。

「まあ、そんな尊い仏様でございますの？　そのお堂とやらができあがりましたら、ぜひ一度あたしにも拝ませていただきとうございますわ」

何知らぬ瑠璃子め、真《ま》に受けて、そんな宝物の持主であるわしに対して、一層の好意を感じたらしい顔つきだ。

「もちろんですよ。あんたには、ぜひ見ていただきたいと思っているのです。お堂の建築は、わしが工夫をこらした、一種風変わりな建て方ですから、きっとびっくりなさるじゃろう。あんたのびっくりなさる顔が、今から目に見えるようで、わしは楽しみですよ」

事実、どんなにか、わしはそれを楽しんだであろう。瑠璃子がいかにびっくりすることか。珍しさにか。恐ろしさにか。ウフフフフフ、恐ろしさに驚くとすれば、それがどれほどの恐ろしさであることか。

わしたちがそんな話をしているところへ、いきなりドアを開いて、姦夫川村義雄がはいって来た。これが夫婦でもない他人の訪問のしかたであろうか。さすがに川村もきまりがわるかったとみえて、

「や、これは失礼しました。つい玄関に誰もいなかったものですから」

と弁解がましくいった。

わしという邪魔者がいるとは心づかず、いつものように姦婦とのあいびきを楽しむつもりで、何げなくはいって来たものであろう。

「川村さん、いらっしゃいまし。今ね、里見さんがすばらしい仏像のお話をなすっていらっしたところでございますわ」

瑠璃子がとりなし顔にいう。そこで、わしは、

「いや、それはね、こういうことですよ」

と、さっき瑠璃子に話したとおりをくり返し、

「そのお堂ができあがったら、あなたには、まっ先に見ていただきたいと思います」

と意味ありげに結んだ。

「ぜひ拝見したいものです。まっ先にとはじつに光栄のいたりです。で、それはいつ頃御竣工《ごしゅんこう》の予定ですか」

姦夫め、そのお堂ができたら、どのような恐ろしい目に会うかも知らないで、光栄のいたりだなどと喜んでいる。

「今から約一カ月の後には、すっかり内部の装飾も完成するはずです」

ああ、内部の装飾！　それがどのような地獄の装飾であったか。

「ああ、それはちょうど好都合でした。じつは僕、しばらく大阪へ行くことになりましたので、帰る時分には、そのお堂ができあがっているわけですね。楽しみにしております」

「まあ、大阪へ？　何か急なご用でもできましたの？」

わしよりも、瑠璃子がびっくりして聞き返した。川村の大阪行きは、姦婦の彼女にも初耳であったとみえる。

「ええ、つい今しがた大阪の伯父から電報を受け取ったのです。長くわずらっていたのですが、もういよいよ駄目らしいから、しばらく介抱に来てくれというのです。妻子はなく、近い身よりといえば僕一人なので、呼びよせたくなったのでしょう」

川村はなぜか、ソワソワと嬉しそうにしている。真実の伯父の死期が近づいたのが、一向悲しくはないとみえる。

それから、三人でしばらく話をしているうちに、川村が妙にモジモジして、どうやらわしを邪魔に思っているようすがみえたので、さては姦夫姦婦の間に何か秘密の話でもあるのだろうと察し、体《てい》よく挨拶して、二人をそこに残したまま暇《いとま》を告げた。いや、告げたと見せかけて、ソッと庭にまわり、窓の外から内側の話し声を立ち聞きした。

別邸のことだから、広くもない庭だけれど、植え込みが茂っているので、そこへ身を隠して立ち聞きをするにはおあつらえむきであった。

「さア、約束をしてくれたまえ、僕が大阪から帰ったら、正式に結婚すると」

川村のおさえつけるような力のこもった声が聞こえて来た。

瑠璃子はなぜか黙っている。

「僕の伯父は老年のことだから、今度は死ぬにきまっている。すると、さしずめ遺産相続者は、この僕なんだ。僕はあまり伯父に好かれていなかったけれど、ほかに身よりとてもないものだから、あの頑固親爺《がんこおやじ》も、我《が》を折って僕を呼びよせる気になったのだ。遺産はすくなく見積っても十万円(注11)は欠けないだろう。ああ、僕は今日の来るのをどれほど待ちこがれていたことだろう。ね。わかったかい。君は大牟田家のあてがい扶持《ぶち》なんかつき返して、僕の女房になって、どこへでも好き勝手なところへ行けるのだ。さア、約束してくれたまえ、僕の妻になると」

ガラス窓をソッと覗《のぞ》いてみると、川村の奴、上気《じょうき》して、瑠璃子の上にのしかかるようにしている。

瑠璃子はと見ると、案外冷静だ。ツンとすまして眉一つ動かしはせぬ。姦婦め、どんな返事をするかと、固唾《かたず》をのんで待っていると、やっと口を開いた。

「そんなことをしては、世間に顔向けができやしないわ。それに、あたし、あたし、あんたのお嫁さんになる気なんて少しもないのよ。あんたは恋人。かわいい色男。ね、それでたくさんじゃなくって。なにも今さら結婚なんかしなくっても」

川村の情熱に水をそそぐつめたい答えだ。

「色男なんて、僕は役不足だ。僕は男だよ。君を独占したいんだ。天下はれて僕のものにしたいのだ。それには結婚という形式をとるほかはないじゃないか。いつまでも人目を忍ぶ関係を続けて行くのはいやになったのだ。……さア、約束してくれたまえ。それとも、君は僕と同棲《どうせい》するのがいやなのか」

「そうじゃないわ。そうじゃないけれど、あたしたちは何もそんな形式にこだわらないだって、ちゃんとこうして愛しあっていればいいじゃありませんか。あなたにも似合わない。人目を忍ぶ逢う瀬こそ、恋はおもしろいのよ」

と、姦婦はふてぶてしいことをいって、ニッコリ笑って見せた。顔といっしょに身体もくずれて、彼女の白い手が、男の洋服の膝を這った。浅黒い手と白い手とがにぎりあわされた。

「まあ、そんなにあわててきめることはありやしないわ。伯父さんを大切に看病しておあげなさい。そして、できるだけ早く帰っていらっしゃい。あたし、待ちこがれているわ。そして、それから。ね、何もかもあんたが帰ってからよ。あたし、このかわいい義ちゃんと、そんなに永く別れていられるかしら」

ああ、何たることだ。これが子爵未亡人の言い草であろうか。娼婦《しょうふ》だ。この女は生まれながらの娼婦であったのだ。

わしはこの隙見によって、川村の奴が、どれほど深く瑠璃子におぼれているかを知ることができた。彼は姦婦の柔らかい指先の一触によって、たちまち水母《くらげ》のようになってしまった。

「それならいいけれど、じゃ結婚の話は帰ってからきめることにしよう。その時はキット承知させてみせるよ。ね、まさかいやとはいわないだろうね」

川村め、さっきの意気ごみはどこへやら、よしよしとばかり譲歩してしまった。

「ええ、いいわ。そのことはあんたが帰ってからゆっくり相談しましょうね。それよりも、そんなことよりも、ね、しばらくお別れじゃありませんの。ね、ね」

瑠璃子の目が細くなって、赤い唇が美しく半開《はんかい》になって、何とも形容のできない愛らしい表情に変わった。そして、その顔がソロソロと上を向き、なめらかな喉の曲線をあらわにして、忍びやかに、川村の唇の下へと迫って行った。

川村の奴、それを見ると、もはやたえ得ないというようすで、いきなり両手を相手の背中にまわし、異様なうめき声とともに、瑠璃子の身体をわしの眼界から隠してしまった。

わしはふたたびそれを見たのだ。かつての日、墓穴を抜け出して来た夜、本邸の洋室のガラス窓の外に忍んで見たものを、ふたたび見たのだ。姦夫姦婦の情痴のかぎりを目撃したのだ。

わしはけっして売女《ばいた》のごとき瑠璃子に愛着を感じていたわけではない。彼女こそ憎みても憎み足らぬ仇敵なのだ。だが、ああ、あの愛らしい笑顔！　あの笑顔がわしのはらわたをえぐるのだ、

わしは全身総毛立ち、毛穴という毛穴から血のような脂汗が流れ出すのを感じた。

姦婦め！　売女め！　このわしは、かつての大牟田敏清は、白髪の復讐鬼と変わり

はてた今でさえ、貴様のその笑顔を見ると、総身の血がわきかえるのだ。それほども、わしは貴様のような人非人におぼれきっていたのだ。それ故にこそ——貴様の笑顔がたえがたく愛らしければこそ、貴様たち両人に対するわしの恨みはもえるのだ。三千世界をやきつくす焰《ほのお》となってもえるのだ。

畜生めら、今に見ろ、地獄の底からはいだして来た白髪の鬼の執念の恐ろしさを、思い知るほど見せてやるぞ。ウフフフフ、その時こそ、貴様たち、どんな顔をして、もだえ苦しむことだろう。ああ、わしは、それを待ちこがれているのだ。だが、もう長いことではないぞ。貴様たちのむごたらしい最期《さいご》も、もう遠いことではないぞ。

わしは姦夫姦婦の痴戯《ちぎ》を見るにたえず、脂汗でニチャニチャする拳をにぎりしめ、それを空《くう》に打ちふり打ちふり、大牟田家の別邸を走りだし、激情のあまり、どこをどう歩いたかも知らず、長い時間をついやして、わが宿に帰りついた。

帰って、一人部屋にとじこもり、気を静めていると、やがて、ボーイが来客を知らせた。川村義雄だ。彼奴め大阪行きの暇乞いにでも来たのだろう。

ここへ案内せよと命じると、川村めはいって来るなり、案のじょう、姦婦との接吻《せっぷん》のしめりも乾かぬ唇で、男には赤すぎる唇で、ペロペロと暇乞いの挨拶を述べた。

「それはさだめしご心配じゃろう。どうか充分看病してあげてください」

わしが挨拶を返すと、川村は伯父の病気など少しも気がかりでないらしく、ニコニコしながら、

「いや、伯父も年が年ですから、残念ながら今度はいけますまい。それは残念ですが、じつをいうと、伯父はなかなか財産家なのです。そして、この僕のほかには身よりもないものです。つまり、今度大阪へ行くのは、その伯父の虎の子の財産を譲り受けに行くのですよ。つまり、素寒貧《すかんぴん》だった僕が、一人前の男になれるというわけです。日頃ほとんど無心も聞いてくれなかった頑固親爺ですが、やっぱり伯父さんというものはありがたいですね」

揃いも揃った人非人。瑠璃子が瑠璃子なら、川村も川村だ。親身の伯父に対してよくもこんな口がきけたものだ。わしはいきなり彼の横面《よこづら》をはり倒してやりたいほどに思ったが、いや待て待て、今にこいつの断末魔《だんまつま》の苦悶を見てあざ笑ってやる時が来るのだと、じっと心をおし静めた。

「それには、じつはもう一つ嬉しいことがあるのです」

川村はますます相好をくずして、さも幸福そうに話しつづける。

「里見さん。あなたは僕らの関係を大かた察していらっしゃるようだし、それに、あなたを僕は兄さんのように思っているので、こんなことも打ちあけるのですが、じつ

は、あなたのご存じの婦人が、僕の申しこみを承知してくれたのです。最初は外聞《がいぶん》がどうのこうのといっていましたが、とうとう僕の熱情にほだされて、外聞をすてて僕と結婚することを承諾したのです」

なに、承諾するものか、わしは立ち聞きをしてチャンと知っている。それは川村が大阪から帰ってからゆっくり相談しようと話がきまったことを知っている。川村の奴、ゆっくり相談するというのは承諾したも同然だと、独り合点をしているのだ。瑠璃子がハッキリ承知するはずはない。承知できないわけがあるのだ。

だが、わしは何食わぬ顔で、

「ホホウ、それはおめでたい。婦人というのは、いわずと知れた瑠璃子さんのことだ。ね、そうだろう。財産はころがりこむ、婚約は成立する、君もとんだ果報者《かほうもの》だね」

と、おだてあげると、川村はもう有頂天になって、

「そうですよ。僕自身でさえ、こんな果報が待っていようとは夢にも思わなかったくらいです。死んだ大牟田が瑠璃子さんを探し出した時の喜びようというものは、それは大変でしたが、今こそ、僕は彼の気持が分かりますよ。日本一の美人を誰はばからず独占する嬉しさというものが、ハッキリわかりますよ。だが、それも今迄のような貧乏絵かきでは、どうすることもできなかったのです。まったく伯父のおかげです。

伯父の財産のおかげです」

悪人も痴情のためにはこんなになるものか。子供のように喜んでいる。だが、この無邪気な美しい青年が、二度も人殺しの大罪を犯したのかと思うと、ゾッとしないではいられぬ。恋の前にはあの恐ろしい旧悪も気がかりにはならぬのか。いやいや、こいつは人殺しなど旧悪とも思わぬ、稀代の大悪人だ。生まれついた殺人鬼。この美しい肉体の中に、まるで常人とちがった毒血が流れているのだ。人間ではないのだ。一匹の美しいけだものなのだ。人殺しを罪とも思わぬけだものなのだ。

彼は今、瑠璃子と結婚した時の大牟田の気持がわかるといった。いかにもそうだろう。けだものとて、痴情に変わりはないはずだ。

皆さん、姦夫は今有頂天になって喜んでいる。幸福の絶頂に微笑んでいる。これがわしの思うつぼなのだ。彼奴に真から思いしらせてやるためには、一度幸福の絶頂におし上げておいて、それから奈落の底へつき落としてやるのでなくては効果がないではないか。奈落の深さ恐ろしさが引き立たぬではないか。

奇怪なる恋愛

「しかし、僕はじつは気がかりなことがあるのですよ」

川村は少し心配顔になって言った。

「ホウ、幸福のかたまりのような君にも、やっぱり気がかりなことがあるとみえますね」

わしはわざわざ意外らしく聞き返した。じつは川村の気がかりな事がらは百も承知なのだ。

「ほかでもありません。瑠璃子のことです。ご存じのとおり、あの人は交際ずきで、男の友達もすくなくありませんし、それに、ひどく気まぐれなたちですから、長く留守にする間に、どんなことが起こるまいものでもありません。あの美しさですからねエ」

川村め、意気地なく歎息した。

「ハハハハハ、君も自信のないことを言いだすではないか。なに大丈夫だよ。僕の見るところでは瑠璃子さんは真から君を愛している。間ちがいなどおこるはずはないよ」

「ええ、僕もそれは信じているのだけれど、やっぱり気がかりでしようがないのです。

ところで、僕、里見さんにお願いがあるのですが、聞いてくださいますか」

「親友の君の頼みだ、どんなことでも聞きますよ」

わしは親友という言葉に力を入れて答えた。

「僕の留守の間《あいだ》、瑠璃子を保護していただきたいのです。あの人を男友達どもの魔の手から保護してほしいのです。あなたなれば、大牟田家の縁者ではあり、御年配と云い、まったく信頼できると思います。どうか、僕の一生のお頼みを聞いてください」

川村もさるものだ。こうしてわしに頼んでおけば、社交界の狼連《おおかみれん》をふせぎうるばかりでなく、わし自身が瑠璃子に思いをかける自由をもうばうことができるのだ。川村にしては、いくら老人だとて、瑠璃子の美しさでは油断がならぬと思ったことだろう。それに、瑠璃子がまた、いやしい拝金宗《はいきんしゅう》と来ているのだ。

「よろしい、君はわしの親友であるばかりでなく、なつかしい大牟田敏清の唯一の友であった。わしは敏清のためにも一《ひ》と肌《はだ》脱ぎますよ。彼の妻であった瑠璃子と、彼の無二の親友であった君とがいっしょになるというのも何かの因縁だろう。地下の敏清もさだめし喜んでいることでしょう。わしはね、川村君、君が敏清につくしたとまったく同じ親切を君につくすつもりですよ。まったく同じ親切をね」

わしはこの最後の言葉にまた力をいれていった。川村がつくしたのとまったく同じ親切というのは、とりもなおさず、妻を盗むことだ。地底に生き埋めにすることだ。これが川村の友につくした親切であったのだ。

わしの異様な言葉を聞くと、さすがに川村め変な顔をしたが、まさかこのわしが当《とう》の大牟田敏清とさとるはずもなく、わしのこころよい承諾を感謝し、なおもくどくどと瑠璃子のことを頼んだ。

そこで川村は心を残して大阪に出発し、一と月ばかりというもの、手紙のほかには彼の消息を断ったわけであるが、彼の留守中わしの復讐計画は、一人ぼっちになった姦婦瑠璃子に対して、着々と進められて行った。

わしは毎日のように彼女をたずねた。瑠璃子の方でも、わしのホテルをたずねた。外見では親子ほども年のちがうこの二人の男女は、だんだん親しみを増していった。

ある日のこと、わしのホテルの私室のソファにならんで、瑠璃子と話をしていた時、わしは何気なく川村のことを言いだした。

「川村君から、伯父さんの寿命も、もう長くはないといって来ました。あの人も一躍お金持になるわけですね」

すると、瑠璃子は眉をしかめて、

「まあいやでございますわねえ。そんな不人情なことを」

　といかにも人情家らしいことをいう。

「しかし、それがあなたの婚資《こんし》になるのではありませんか。川村君も大変喜んでいましたよ」

「まあ」

　瑠璃子はさも意外だといわぬばかりに、あきれて見せて、

「婚資でございますって？　川村さんがそんなこと申しましたの？　いやですわ、あたし」

　と、キッパリ否定する。

「えッ、それじゃ、あなたは同意なすったわけではないのですか」

　わしは大げさに驚いて見せたものだ。

「あの方は、なくなった主人が、兄弟のように親しくしていた方でございましょう。あたしもほんとうに兄さんのように思って、おつき合いしているばかりで、あまり親しくなりすぎて、そんなこと考えるのもおかしいほどですわ。結婚なんて思いもよらないことでございます」

「そうでしたか。あなたがそういうお気持なら、わしは安心しましたよ」

　そういって、わしはちょっと好色な目つきをして見せた。

「え、安心なさいましたとは？」

瑠璃子は、ちゃんとわしの心を察しながら、そしらぬふりで聞き返す。

「ハハハ、いや、そう真面目にたずねられては困りますが……わしはね、あんたが再婚すると聞いて、じつはひどく失望していたのです」

白髪白髯の老人が口説くのは、なかなかむずかしいものだ。いくらかは老年のはにかみというようなものを見せなければ、お芝居がほんとうらしくない。わしはそこで、妙な空咳《からぜき》をして、むやみと髭をこすったものじゃよ。

それに、考えてみると、わしの立場はじつに何ともいえぬ異様なものであった。わしはまさしくわしの女房にちがいない女を、まるでみそか男(注12)か何ぞのように口説いているのだ。わしは、ふと、恐ろしい夢でも見ているような気持にならないではいられなかった。すると、姦婦は、これもなかなかのしれ者だ。まるで小娘のように、パッと顔を赤らめて、消えも入りたい風情を見せ、

「まあ、ご冗談を、あたし、あなたは女ぎらいでいらっしゃるとうかがってましたのに」

と、甘い鼻声で、言いにくそうにいった。

「女嫌い？　なるほどわしは女嫌いです。この年まで妻というものを持たなかった男

です。しかし、瑠璃さん、それはわしが異性に対してあまりにも贅沢だったからかも知れません。つまりわしの心に思っているような女に、今まで一度も出会ったことがなかったのです。ところが今度日本へ帰って、あなたという人を見てから、わしの気持はまったく変わってしまった。わしは死んだ大牟田敏清をさえうらやんだ。まして、現にあんたの周囲にむらがる若い紳士たちを見ると、笑わないでください、わしはほんとうに嫉妬にたえないのです。わしはなぜあんたと同じ年頃に生まれあわさなんだかと、それが恨みです」

わしのお芝居はだんだん熱をおびて行った。真から、この愛らしい女をかき口説いているような、妙な気持になっていった。その相手が、今わしの前にさも初々しく恥じらっている美女が、かつてわしの妻であったことが、わしの気持を一層変てこな気ちがいめいたものにした。

瑠璃子は、目のふちをまっ赤にして(娼婦というものは、心にもなく顔を赤らめる術を心得ているものだ)じっとうつむいていたが、わしの言葉が熱して来るにしたがって、彼女は何か総毛立つように身をふるわせ、感激の面《おもて》を上げて、わしを見あげた。

ああ、彼女は泣いているのだ。彼女のまぶたには、水晶のような涙の玉がつらなり、唇は感激にふるえ、何事をかいわんとして、言葉も出でぬ有様だ。じつに至芸《しげい》である。かつては彼女の夫であったわしも、瑠璃子がこれほどの名優であろうとは、少しも知らなかった。

「あたし、こんな嬉しいことはありません。かなわぬこととは思いながら、あたし、それを夢見ていたんです。あなたの力強い腕に抱かれることを夢見ていたんです」

瑠璃子は名文句をはきながら、熱い手をのばしてわしの手をとった。そして、いつか川村に対してしたとおりに、涙にぬれ輝く顔をあお向け、半開の赤い唇をふるわせながら、わしの顔の真下に迫って来た。

わしはさすがに狼狽《ろうばい》しないではいられなかった。この仇敵と唇をかわさねばならぬとは、あまりにもにがにがしいことだ。わしは躊躇《ちゅうちょ》した。だが、次の瞬間には、接吻は何も愛情の印ばかりとはかぎらぬ。相手を侮辱し、もてあそんでやるつもりなら少しもかまわぬではないかと思いかえした。

わしはかつての愛妻の——今は憎みてもたらぬ仇敵の、唇を吸った。その不思議にも複雑な味わいは今も忘れることができない。

わしは相手のもえるような、異様に躍動する唇を感じながら、この妖艶《ようえん》たぐいなき女を、はたして憎んでいるのか、それとも、じつは溺愛しているのか、われとわれが心を疑わねばならなかった。

唇の感触から、かつて甘かりし日の思い出が、まざまざとわしの心に浮き上がった。いつかも話した、わしと瑠璃子との、みだらな湯殿のたわむれなどが絵のように思い出された。

だが、ウトウトと夢心地になって行くわしの心を、パッと打ちさますものがあった。わしの復讐心が、きわどいところで、美女の誘惑に打ち勝ったのだ。

わしはグッと心を引きしめ、同時に顔やしぐさは一層やわらげながら、静かに唇を離して、最後の言葉をはいた。

「わしはあんたに結婚を申し込むことができるだろうか」

瑠璃子は何もいわなかった。何もいわず、ただ深く深くうなずいて見せるとともに、にぎり合っていた指先に、思いのたけを通わせて、くだけよとばかりににぎりしめたのである。

十三人

大阪の川村義雄から、いよいよ伯父が死亡したこと、遺産はとどこおりなく相続を了したことを通知して来たのは、それから間もなくであった。

わしは早速喜びの返書をしたためた。そして、まず川村を有頂天にさせるような嬉しがらせの文句を連ねたあとへ、こんなことをつけ加えた。

ついては貴兄御帰着の当夜、心ばかりの歓迎宴を催したく、すでに当市社交界の立物T氏K氏その他十数名の賛成を得居り候《そうら》えば、必ず御列席下されたく、御帰着の時間には小生停車場に出迎え、その場より宴会場に御伴《おともな》い申す手筈に候《そうろう》

という意味は、川村が帰って、まだ瑠璃子にあわぬうちに、その宴会場へ連れて行く必要があったのだ。

わしが瑠璃子と婚約をとりかわしたことは、川村にはむろん少しも知らせなかった。これは瑠璃子も同意なのだ。彼女にしては、あれほど恋いしたっている川村を袖にして、わしの妻になるというのは、さすがに寝ざめがわるい気がして、このことは或る時期が来るまで川村には絶対に秘密にしておいてくれとの頼みであった。

川村からは折返し返事があって「私ごときもののために、S市一流の名士方が歓迎宴を張ってくださるとは、じつにじつに光栄のいたり、御指図どおり停車場よりすぐさま会場へかけつけます」といって来た。喜び勇んでいるようすが目に見えるようだ。

さて、いよいよ川村の帰って来る日とはなった。午後六時、わしは、来会者たちをホテルの食堂に待たせておいて、自動車で停車場へ出むかえに行った。

川村は、贅沢な新調の洋服を着こんで、ひときわ男ぶりを上げて帰って来た。わしの姿を見ると、飛びつくように、

「里見さん、じつに感謝のほかありません。僕もお引き立てによって、どうやら一人前の男になれるようです。それから、瑠璃子さんのことをありがとう。こんなことを申してはすみませんが、歓迎会さえなければ、僕は大牟田の別邸へ飛んで行きたいほどに思っているのです。それにしても、万事に行きとどいたあなたが、どうして今夜の会に瑠璃子さんも加えておいてくださらなかったのです」

と怨《えん》じた。

「ハハハハハハ、おいしいご馳走はあとからということもありますよ。瑠璃子さんはますます元気でますます美しいです。安心なさい。今夜の会は男ばかりだし、君たちがいよいよ結婚を発表するまでは、あまり見せびらかさぬ方がいいと思って、わざと呼

ばなかったのです。あの人は停車場へも迎えに来たいようすだったけれど、それもわしが止めたくらいです。まあ会の方はなるべく早く切り上げることにするから、ともかくいっしょに来てくれたまえ」

わしは言葉たくみに言いつくろって、彼を自動車に乗せ、宴会場へ連れ帰った。

ホテルの大食堂には、純白のテーブル掛けに覆われた大食卓に市内屈指の紳士紳商がズラリと顔を並べて待ち受けていた。

川村は一人一人に頭をさげながら、嬉しさに笑みくずれて主賓《しゅひん》の席についた。

さて、食事の皿がつぎつぎとはこばれ、人々の手にナイフとフォークがキラキラときらめきはじめたが、大いにおめでたい歓迎の酒宴でありながら、妙に席が白けて、一同言葉すくなであった。

「里見君、僕はだまっているつもりだったが、どうも聞かずにはいられなくなった。君、この宴会の人数はどうしたものだい。まさか、こんな不吉な数の招待状を発したわけではなかろうね」

隣席のS市商業会議所会頭のT氏が、ソッとわしにささやいた。

「人数とは？」

わしはわざと腑《ふ》に落ちぬ体《てい》で聞き返した。

「ほら見たまえ、われわれはちょうど十三人じゃないか。十三という数が、不吉だぐらい君も心得ているだろう」

かつぎ屋のT氏は不機嫌である。

「あ、それはつい気がつかなかった。なるほど十三だね。じつは十五人に招待状を出したのだけれど、二人不参者があったので」

わしはさも困ったらしく答えた。

ささやき声のつもりであったのが、そんな低い声さえ隅々まで聞き取れるほど、一座が静まり返っていたので、この不吉きわまる会話は、たちまち一同の知るところとなり、口には出さぬけれど、お互いに顔見合わせて、一抹の不安が食卓にただよった。

だが、間もなく食事はとどこおりなく終わり、果物がはこばれはじめたので、わしは一座の不安をかき消すべく、快活に立ち上がって、一場の歓迎の辞を述べた。

わしはただもう滅多無性に川村をほめ上げ、彼の幸運を祝し、かくのごとく富裕にして趣味豊かなる青年紳士を、我が社交界に迎え得たことは、衷心《ちゅうしん》より愉快にたえぬところである。というようなことを、美辞麗句をつらねて述べたて、さらにこんなことまでつけ加えた。

「ほのかに聞くところによりますと、川村君は近く婚約者を定められ、われわれに披露される日も遠くはないとのことであります。仕合わせはけっして一人ぼっちではやって来ません。川村君は今や二重三重と重なる幸運にめぐまれ、人生歓喜の極にあられることと存じます。しかも、その婚約の婦人は淑徳《しゅくとく》のほまれ高く、秀麗《しゅうれい》並びなき美人とうけたまわるのであります」

わしの言葉が終わるやいなや、人々は一斉《いっせい》に拍手を送り、T氏の音頭で、川村の幸福を祝する乾杯が行われた。

それをきっかけに一座が俄《にわ》かににぎやかになった。川村は四方から冗談まじりの祝辞をあびせられて、笑みくずれていた。

これが姦夫川村の幸福の絶頂であった。運命の分水嶺《ぶんすいれい》であった。

さて、頂上をきわめたあとは下り坂にきまっている。しかも、その下り坂は急転直下、千仞《せんじん》の奈落へと続いていたのだ。

わしはふたたびスックと自席に立ち上がった。

「皆さん、この機会に、ちょっとご披露申し上げたいことがあります。ほかでもありません。じつは私自身の身の上に関するご報告であります。川村君の幸運には及びもつきませんが、私もいささかの喜びを皆さんにお知らせすることができますのを、欣《きん》快《かい》に存ずるものであります」

それを聞くと、一座の騒ぎはピッタリ静まって、人々は好奇の目をみはって、わしをながめた。

「謹聴、謹聴」の声が各所に起こった。

「突然のご報告で、皆さんはさだめしびっくりなさることでございましょう。いや、そればかりか、あのひからびた老人がと、ご失笑を買うに相違ありません……思い切って申し上げましょう。じつはこの年まで独身をとおした私が、近く妻を娶《めと》ることになったのでございます。枯れ木に花咲く幸運にめぐまれたのでございます」

ここまで言うと、余りに意外な報告に、一座はしいんと静まり返ったが、次の瞬間百雷の拍手が湧き起こった。

「おめでとう」「おめでとう」の雨。

「あなたの新妻となる果報者は誰です。早くその名をおっしゃい」と質問の矢。

わしは思わせぶりに、二つ三つ咳ばらいをして、さて、わしの正面にいる川村義雄の顔をじっと見つめながら、いよいよ婚約者の名前を披露する順序となった。

白髪の花婿

白髪の老人が婚礼をするというのだ。人々は驚きの目を見はった。次には耳も聾せんばかりの拍手、そして、

「一体どこの婦人だ、その仕合わせな婚約者は。さア、早くそれを発表したまえ」

八方から好奇の叫び声が起こった。無理はない。女ぎらいで通っていたわしが、突然、思いもよらぬ披露をはじめたのだ。

わしはその婦人の名をいう前に、正面に着席している川村の顔をじっと見つめた。川村はめんくらったように目をパチパチやりながら、気のせいか、少し青ざめたように見えた。

「わたしの婚約者は処女ではございません。しかし、いかなる処女よりも清く、いかなる処女よりも気高《けだか》く、いかなる処女よりも美しい人です。と申せば、皆様にはすでにご想像がつくでありましょう。S市広しといえども、わたしの婚約者をほかにして、そのような婦人は一人も存在しないのであります」

わしは一世一代ののろけ演説をやった。さすが社交界のつわものどもも、一言を発する者もなく、あっけにとられて八方からわしの顔を見つめていた。

「そうです。皆様がご想像なされたとおり、それは子爵大牟田敏清の若き未亡人瑠璃子でございます。わたしは、この町に帰りまして以来、瑠璃子と清きまじわりをつづけておりましたが、まじわるにしたがって、いつしか彼女の純情が女ぎらいのわたしを翻然改宗《ほんぜんかいしゅう》せしめるにいたったのであります。わたくしどもは、大牟田家の諒解を得まして、今月二十一日、結婚式を挙げることにさだめ、目下嬉しい準備を急いでいる次第であります……」

まだ結びの言葉を言い切らぬのに、たちまち起こる拍手の嵐、祝辞のつぶて、「里見老人万歳」の声さえ聞こえ、四方八方から、喜びの握手を求める手首が、ニョキニョキとわしの身辺に迫って来た。

だが、わしはそれらの人々に見向きもせず、ただ姦夫川村義雄の顔を凝視《ぎょうし》していた。少なからぬ興味をもって、彼の表情を見つめていた。

川村の顔色は、最初驚きと恐れのために、まっ青になったが、次にはもえ上がる憤《ふん》怒《ぬ》に火のように赤くなり、はてはかぎりなき苦悶のために、恐ろしい紫色にふくれあがった。

彼の両眼は、異様な光を放って、食い入るようにわしの顔をにらみつけていた。わしはと云うと、彼の物々しい表情とはあべこべに、さも朗《ほがら》かな微笑を浮かべてまじまじと彼を見返していた。

一としきり騒ぎ立てた人々も、何となくただならぬ気配を感じたのか、ふと黙りこんで、われわれ両人の奇妙なにらみあいを注視した。

川村は唇をピクピクと痙攣《けいれん》させた。何か云おうとするけれど、激情のあまり、声さえ思うようには出ないのだ。しかし、やっと彼は云った。

「里見さん、今のお話は、まさか冗談ではありますまいね」

「冗談？」わしは小気味よくカラカラと笑った。「ハハハハハ、何をおっしゃる。冗談にこんなことが云えると思いますか」

「では……」

川村はくやしそうに、ブルブルと身をふるわせた。

「では？」

わしは、やっぱりニコニコしながら、鷹揚《おうよう》に聞き返した。

川村はそれには答えず唇をかみしめて、いきなり立ち上がった。立ち上がって何かキョロキョロあたりを見まわしていたかと思うと、前に置いてあったワイン・グラスをつかむなり、突然、気ちがいのように、わしに向かって投げつけた。

わしがヒョイと首を曲げたので、グラスはうしろの壁にあたって、ピシッと、微塵《みじん》にくだけ散った。

「うぬ、このかたりめッ」

彼は野獣のようにうなったかと思うと、飛び出した目でわしをにらみつけながら、いきなりテーブルの上におどり上がって、わしの胸へつかみかかって来た。

「何をなさる。気でもちがったのですか」

両隣の二紳士が川村の足を持ってやっとのことテーブルの上から引きおろした。一座総立ちになって、この乱心者をにらみつけた。

川村は八方から叱責《しっせき》の凝視を受けて、さすがに恥かしく思ったのか、ふたたび、乱暴をはたらくことはなかったが、心は刻一刻憤怒にもえ、紫色の顔でわしをにらみつけたまま、石のように動かなかった。

「ハハハハハ、いや、皆さん、とんだお騒がせをしてじつに申しわけもありません」

わしは、少しも取り乱さず、朗かに笑いながら云った。

「川村君は何か感ちがいをなすっているようです。でなければ、今晩の歓迎会の主催者であるわたしに対して、こんな乱暴をなさるはずはない。川村君、どうしたのです。君のやり方は好意を仇で報いるというものですよ。それとも何か、僕に不満でもあるのですか。それならば、のちほどゆっくり聞こうじゃありませんか。何もこの席であばれることはありません」

だが、川村はやっぱり石のようにつっ立ったまま、それに答えようともしなかった。異様な沈黙のうちに、ふたたび奇妙なにらみあいとなった。が、しばらくすると、彼は突然クルッとうしろ向きになって、椅子をガタガタいわせながら、恐ろしい勢いでドアの方へ歩いて行った。一言の挨拶もせず、歓迎宴の席を立ち去ろうとするのだ。

「川村君、用事があったら、Y温泉の別宅へ来てくれたまえ。僕は今夜はあすこへ泊まることになっている」

わしは立ち去る川村の背中へ、声をかけた。

川村は、たしかにそれを聞き取ったが、ふり向こうともせず、唖のようにだんまりで、ドアの外へ消えてしまった。

川村が立ち去ったあとの一座が白けきったことは申すまでもない。歓迎会の賓客《ひんきゃく》が消えてしまったのでは、この会食はまったく意味を失うのだ。わしは何気なく、その場をつくろって、匆々《そうそう》お開きにすることにした。来会者たちは、大方はようすを察していたが、何事も口にせず、陰気な挨拶をかわして、それぞれ家路についた。

陥穽

その夜十時頃、わしはY温泉の例の小別荘に、すっかり準備をととのえて、姦夫川村がやって来るのを、今や遅しと待ちかまえていた。

川村のやつ、あれからすぐ瑠璃子の住まいへかけつけたにきまっている。彼にとってはあまりにも意外な瑠璃子の変心を責めるためにだ。

しかし瑠璃子はいない。彼女はわしの意見にしたがい、川村をさけるために、今朝早く旅に出た。女中一人を供につれて、二、三日の小旅行に出かけたのだ。

川村は留守居のものから、それを聞くだろう。そして、やっぱり瑠璃子とわしの婚約が嘘でなかったことをさとるにちがいない。なぜといって、瑠璃子は川村が今日帰郷するという通知を受け取っているはずだ。それを知りながら、行く先も分からぬ旅に出かけたとすれば、これが心変わりでなくて何であろう。川村のやつ、ここでまた第二の鉄槌《てっつい》で脳天を打ちくだかれるのだ。恋を盗まれた男のみじめさを、かつて大牟田敏清が味わったと同じくやしさを、まざまざと味わうのだ。わしは川村の恋の深さを知っている。彼は宴会の席でさえ、わしにつかみかかったほどだ。わしの裏切り、瑠璃子の変心を知って、なんでそのまま済ますものか。姦夫姦婦（彼にして見れば、わしたちは正に姦夫姦婦であった）を八つざきにしないでは、心が癒えぬであろう。だが、瑠璃子の行方は分からぬ。さしずめ姦夫であるわしのところへ飛んで来るにちがいはない。ピストルを持ってか、短刀を持ってか。いずれにもせよ、やつはわしをこのままでおくはずはない。

ちゃんとそこまで見通して、わしはやつの飛びこんで来るのを待っていた。手負い猪《じし》に最後のとどめを刺す深い陥穽《おとしあな》を用意して。その陥穽の底にはドキドキする剣《つるぎ》を何本も植えつけて。

皆さん、今こそわしは、憎みてもあまりある姦夫川村義雄を、思う存分やッつける時が来たのだ。わしの心臓は嬉しさにおどった。白髪の復讐鬼は、血にうえて、喉を鳴らしていたのだ。

で、川村のやつ、わしの罠へ飛びこんで来たかとおっしゃるのか。来ましたとも。哀れな獲物は、心の痛手によろよろと足もとも定まらず、やって来ましたよ。

「川村さんでございます」

取次に出たわしの番頭の志村が報告した。

「よし、わしは先に庭のお堂へ行っているから、お前は言いつけておいたとおり、川村を案内するのだ。いいか、しっかり頼んだぞ」

言いすててわしは、そのお堂へと走って行った。

皆さんはご記憶じゃろう。いつかわしが姦夫姦婦に、黄金の秘仏をおさめるコンクリートの倉庫を建築中だと話して聞かせたことを。今お堂といったのは、すなわちその奇妙な倉庫のことなのだ。わしはそこへたどりつくと、建物の片隅にもうけられた、せまい機械室の中へ身をひそめた。

お堂の中に機械室があるのかって？　御不審《ごふしん》はもっともじゃ。しかしまあ話の続きを聞いてください。今に何もかもわかるのだから。

さて、これからあとは、その異様なお堂の中へ案内されて来る川村の気持になってお話しした方がよくわかる。で、しばらくの間《あいだ》わし自身は蔭の人物となって姦夫川村義雄がお話の主人公だ。

川村がこの別荘へ何をしに来たか。わしの想像にたがわず、彼はポケットに古風な九寸五分(注13)を忍ばせて、わしの反省をうながした上、もし聞きいれぬ時は、その場を去らずわしを殺害する決心であった。彼は瑠璃子を失った悲しさに、ほとんど気がちがっていたのだ。

日頃美男であった彼も、邪念のためにすっかり相好《そうごう》が変わり、まるでこの世の人とも思われぬ有様で、ポケットの短刀をくだけよとばかりにぎりしめ、ガクガクふるえ

ながら待っていると、取次の志村が引き返して来て、

「どうかこちらへ」

と物柔らかに案内した。

川村が無言のままそのあとを従う。二《ふ》た部屋《へや》三部屋通り過ぎて、奥座敷の縁側。志村はそこの靴脱ぎ石に庭下駄を揃えて、

「あちらでございます」

とまっ暗な庭を指さす。そこには、闇の中にほの白く、二階ほどの高さのある、四角なコンクリートの建物が、ニョッキリとそびえていた。

「あちらとは？」

川村は妙な顔をして聞き返す。

「主人は近頃できあがりましたお堂の中にお待ち申しております。何かあなた様にお見せするものがありますそうで」

ああ分かった。いつか黄金仏の話をしていたが、ではあれがそのお堂なのだな。と川村は考えたにちがいない。彼は場所がどこであろうと、とにかくわしをつかまえて、恨みをはらしたい一心だから、別に疑うこともなく、志村のあとに従って、庭に降りた。

扉を開いて建物の中にはいってみると、中央に一坪ほどの、やっぱりコンクリートでかためた内陣《ないじん》があって、そのまわりを一間幅《いっけんはば》の薄暗い廊下がかこんでいる。つまり大きな桝《ます》の中へ、小さな桝を入れたような構造なのだ。

わしが隠れていた機械室というのは、ちょうどその内陣の裏側にあたる廊下の一部の、ごくせまい箇所にあるのだが、むろん川村は気がつかぬ。

内陣の正面には、コンクリートの壁に鼠色に塗った鉄の扉がついている。志村はそれを開いて、

「主人はこの中でございます」

と川村を招《しょう》じ入れた。

「オイ、君、誰もいないじゃないか。里見さん、里見さんはどこにいるのだ」

川村がびっくりして叫び出した時には、すでに入口の扉は外からピシャリとしめられ、カチカチと鍵をかける音さえ聞こえた。彼はまんまと、一坪ほどのコンクリートの壁の中へとじこめられてしまったのだ。

しかし、川村にしてみれば、彼の方にこそ恨みはあれ、里見重之と信じきっているわしのために、彼がこんな目に会わされる道理はないわけだから、まだ何のことともわからず、

「オイ、どうしたんだ。早く里見さんを呼んでくれたまえ」

と怒鳴るばかりだ。

さて、川村の目にうつった内陣の有様はというと、これはまた意外にも、いっこうお堂らしくはなかった。

床は平面のコンクリートで、祭壇も何もなく、ただそのまん中に黒い漆塗《うるしぬ》りの小さな箱がチョコンと置いてあるばかり、壁も天井も一面の平らな鼠色で、彫刻もなければ、模様も色彩もなく、まるで空っぽの物置きの中へはいったような、殺風景きわまる感じであった。

低い天井のまん中から、五燭(注14)ほどのはだか電燈がぶらさがって、それが風もないのにブラブラと動いている。動くたびに、床から壁にはい上がっている川村自身の影が、不気味にゆれるのだ。

そればかりではない。電線がどこかで切れてでもいるのか、そのフラフラ電燈は、ときどきお化けのようにパッと消えてはまた輝く。どうも、ただごとではない。

川村は変な気持になって、外へ出ようとして扉を押し試みたが、さっきのはやっぱり鍵をかけた音であったとみえ、びくとも動かぬ。

「オイ、ここをあけろ。おれをこんなところへ押しこめて、どうしようというのだ」

怒鳴りながら、拳で叩くと、扉はガーン、ガーンと鐘《つりがね》のような音を立てる。厚い鉄板でできているのだ。貴重な黄金仏をおさめる金庫だから、鉄の扉に不思議はないが、しかし人間の川村まで、仏像と同じようにその金庫の中へとじこめられる道理がないではないか。

あっけにとられて佇《たたず》んでいると、またしてもお化け電燈がパッと消えて、コンクリートの箱の中は、あやめもわかぬ闇となった。しかも今度は消えたまま、急に明るくなるようすもない。

川村はもう怒鳴る元気も失せて、底知れぬ気味わるさにおさえつけられたように、黙りこくっていた。

すると目の前の闇の中に、何かモヤモヤとうごめくものがある。闇の錯覚であろうか。いやいや錯覚ではない。そのものは、徐々に、恐ろしい形を現わして来た。アレだ。例のものだ。

さし渡し三尺ほどもある二つの目が、闇の中にポッカリと浮かび上がって、じっとこちらを見つめているのだ。しかもそれが、忘れようにも忘れ得ない、大牟田敏清の恨みにもえる両眼に相違ないのだ。

秘仏の正体

耳をすますと、どこからか、かすかにかすかに異様な物音が聞こえて来る。厚いコンクリートの壁の中で、巨人の目におびえた川村が、哀れなけだもののように、狂いまわっている音だ。

わしは実物幻燈機械の、強い電燈の前で、もう一度両眼をカッと見開いておいて、壁のスイッチを押した。つまり、川村の頭の上に下がっている電燈を点じたのだ。同時に、三尺に拡大されたわしの目の幻影が消え去ったのはいうまでもない。

わしは黒眼鏡をかけると廊下を一《ひ》と廻《まわ》りして、内陣の正面に行って、そこの鉄扉に設けてある、小さな覗き穴のふたをソッと開いて、内部のようすをうかがった。

ハハハハハ、わしの獲物は――川村義雄という一匹の鼠は、鼠とりの網の中で死に物狂いにあばれまわっていた。もう巨人の目は消えてしまったのに、彼は無我夢中で、隠しもった短刀をぬき放って、めくら滅法にふりまわしている。

「オイ、川村君、何をしているんだね」

わしはそこではじめて、覗き穴から声をかけた。一度では耳にはいらなかったが、二、三度くり返すと、川村はギョッとしたように、狂態をやめて、こちらをふり返った。

「わしだよ。里見だよ」

わしは覗き穴から顔を見せていった。

「アッ、貴様ッ」

川村は、それとさとると、見る見る満面に朱をそそいで、パッと覗き穴に飛びついて来た。わしの目の前でギラギラ稲妻がきらめいた。

顔をよけるのがやっとだった。せまい覗き穴から、短刀を持った川村の右手が、肩のつけ根まで、槍のように突き出していた。

だが、仕損じて引っこめようとする彼の腕を、わしは、すばやくひっつかんだ。つかんでおいて、力まかせに短刀をもぎ取ってしまった。

「ハハハハハ、川村君、よっぽど腹が立ったとみえるね。君はわしを殺しに来たのか」

言いながら、腕を離すと、彼ははずみをくらって、ヨロヨロと向こうの壁にたおれかかったが、よろめきながらも、黙ってはいない。

「そうさ。殺しに来たのだ。うぬ、よくもおれを裏切ったな。さア、この戸をあけろ。かたりめ。泥棒め」

いつも女のような口をきいている川村が、これほどにいうのは、よくよく取り乱しているのだ。

「ハハハハ、川村君、まあ落ちつきたまえ。君の方では、わしを殺しに来たのかも知れないが、わしの方では、ただいつかの約束を果したまでだよ。忘れたかね、ほら、わしが大切にしている金むくの仏像をお目にかけるという約束さ。君、見てくれたまえ。その仏像は君のすぐ前に安置してあるのだよ。その黒い箱の中だ。開けて見たまえ。どんなに珍しい仏像がはいっているか」

わしがいうと、川村は、

「これが人に物を見せる礼儀か。仏像なんかどうだっていい。今われわれにはもっと重大な問題があるんだ。ともかく、ここを開けたまえ。さア開けぬか」

と怒鳴り返す。

「開けたら、君はわしにつかみかかって来るだろう。まあもう少し、そこで気を落ちつけたまえ。それに、仏像なんかどうだっていいことはない。君はそれを見なければならぬ。見る義務がある。犯した罪はつぐなわなければならないからだ」

このわしの異様な言葉に、川村は、ふと妙な顔をした。彼の激情はやや静まり、言葉のあやを判断する能力を取り返していた。彼は黙ったまま黒い箱に近づいて、観音開《かんのんびら》きになったその蓋に手をかけた。手を掛けて躊躇した。何か恐ろしいものを予感したごとく、それを開きかね、グズグズしていた。

「さア、開きたまえ、今さら何を躊躇するのだ。その中のものは君を待ちこがれているのだ」

わしの声にはげまされて、彼はついに蓋を開いた。

「アッ」という叫び声、見る見る青ざめる顔、恐怖におののく唇。箱の中の一物を見ると、川村は思わずタジタジとあとじさりをした。

「見たまえ、罪の子の哀れな姿を。わが子をわが手にかけて、くびり殺した父親は誰だ。川村君、今こそ鬼のような父親が罰せられる時が来た。覚悟したまえ。くびり殺された子の恨みだ。女房を盗まれた夫の恨みだ」

箱の中には、くさり溶けて、半ば骸骨となった、無残な嬰児の死体があった。手をちぢめ、足をかがめ、口を大きく開いて、泣き入っている哀れな形のまま、罪の子は骨となっていたのだ。

皆さんは、それが標本用の誰の子とも分からぬ例の瓶詰め嬰児のなれのはてであることを知っている。だが、川村は少しもそれを知らなかった。かつての日、瑠璃子を気絶させた、正真正銘《しょうしんしょうめい》の罪の子であると思いこんでいた。

彼が驚き恐れたのは、しかし、骨になった嬰児そのものではなかった。それが川村自身の子であること、彼が手にかけて殺したことを、このわしに感づかれている点であった。

彼がギョッとしたように、覗き穴のわしの顔を見つめたが、いきなり、物狂おしく叫び出した。

「ちがう、ちがう。そんなことがあるものか。何を証拠におれの子だというのだ。おれは知らん。おれは知らん」

「知らぬとは言わさぬ。これは君が大牟田の目を盗んで、この別荘の奥座敷で、瑠璃子に生み落とさせた、あの不義の子だ。君はその手で、ほら、その手だ。その手を使って、生まれたばかりの赤ん坊をくびり殺したんじゃないか。くびり殺して、この庭へ埋めたんじゃないか。君はそれを忘れてしまったというのか」

わしは復讐の快感にウズウズしながら、一語は一語と相手の急所へ迫っていった。

「ちがう。おれは知らん。おれは知らん……」

川村は青ざめて骸骨のようにこけた頰に、ものすごい微笑を浮かべながら、同じ言葉をくり返して、みじめな反抗を示したが、その声がだんだん衰えていって、ついには、ただモグモグと唇だけが動いていた。微笑の影はあとかたもなく消えてしまった。何かしら深く深く考えこんでいるのだ。

やがて彼の表情が突然恐ろしい変化を示した。青ざめた頰にサッと血の気が上《のぼ》った。落ちくぼんだ目が熱病のようにギラギラと輝いた。

「貴様は誰だ。そこに覗いている奴はいったい誰だ」

彼の叫び声には、何かしらゾッとするような調子があった。

「誰でもない。わしだよ。君が殺そうとしてたずねて来た里見重之だよ」

わしが答えると、川村は何か疑わしげに、

「ああ、そうだ。貴様だ。貴様にちがいない。だが、貴様はおれをなぜこんな目にあわせるのだ。何の恨みがあるのだ」

と聞き返した。

「妻を盗まれた恨みがあるのだ」

「ああ、貴様はさいぜんも、何かそんなことをいっていたね。だが、盗もうにも、君には妻なんてないはずじゃないか」

「妻を盗まれた上に、わしは君に殺された恨みがあるのだ」

「なんだって？　なんだって？」

「殺された上に、出るに出られぬ地底の墓穴に埋められた恨みがあるのだ。なぜといって、わしはその地獄の暗闇で甦ったからだ」

「ウー、待て。貴様何を寝言を言っているのだ。それはなんのことだ。ああ、夢を見ているんだ。おれはうなされているんだ。止せ。わかった。もういい」

彼は両手で髪の毛をつかみながら、悪夢からさめようともがいた。だが、夢でないものが醒める道理はない。

「待ってくれ。やっぱり貴様そこにいるのか。顔を見せてくれ。さア、貴様の顔を見せてくれ。おれは気がちがいそうだ」

「わしの顔が見たければ、ここへ来るがいい。この覗き穴からよく見たまえ」

わしの声につれて、川村はフラフラと覗き穴に近づいて来た。そこから、目を出して、わしの顔を見つめた。二人の顔は五寸とへだたぬ近さで向かい合った。川村は長い間わしの顔を凝視していたが、やがて失望したように叫んだ。

「ちがう。やっぱりおれは見覚えがない。貴様がどうして、おれをこんな目にあわせるのか、少しもわからん」

「待ちたまえ、川村君。わしの声は、よもや忘れはしないだろうね」

突然、わしは里見重之の作り声をやめて、昔の大牟田敏清の若々しい声でいった。五寸の近さの川村の顔に、ゾッと鳥肌の立つのが見えた。彼の目は一瞬間、まったく生気を失い、白痴のようにだらしなく開いた。

「オイ、川村君。たとい声は忘れたとしても、わしのこの目を、よもや忘れはしまい。

昔は無二の親友であった男の目を」

わしは一語一語おさえつけるように云いながら、大きな黒眼鏡をはずした。そのうしろには、これだけは昔ながらの大牟田敏清の眼が光っているのだ。

それを見た川村の両眼は、眼窩を飛び出すかと疑われた。もじゃもじゃになった髪の毛が、一本一本さか立つかと怪しまれた。

なんとも形容のできない、しめ殺されるような悲鳴が耳をつんざいたかと思うと、川村の顔が覗き穴から消えた。彼はその場へ坐《すわ》りこんでしまった。もはや立っている気力もなかったのだ。

死刑室

永い沈黙が続いた。

川村は恐怖のあまり、薄暗いせまいコンクリートの壁の中に、気を失ったようにくずおれていた。覗いて見ると、彼の顔はしなびたようになり、からだ全体が子供みたいに小さく、哀れに見えた。

だが、わしの根深い恨みは、このくらいのことで晴れるものではない。わしの復讐はまだまだ終わってはいないのだ。

わしが川村が失神しているのではないことをたしかめ、覗き穴から、彼に話しかけた。墓穴の中で甦って以来の、悲しみ、恨み、苦しみ、悶えの数々を、残りなく語って聞かせた。

川村はむろん聞いていたに違いない。しかし彼はなんの反応をもしめさなかった。彼にはもう、わしの奇怪な物語におどろく余力がなかったのだ。どんな刺戟《しげき》も、もはや刺戟ではなかったのだ。

「わしはまったく別人となって、仇敵瑠璃子とふたたび結婚するところまでこぎつけた。あと十日あまりで、わしはあれの花婿となるのだ。川村君、この結婚を君はどう思うね。ただ、わしが君を絶望のどん底へつき落とす手段に過ぎなかったとでも考えるのかね。もしそうだとすれば、君はあまりにお人好しというものだ。わしはね、あの売女に復讐するために結婚するのだぜ。わしと同じ地獄を味わわせた上、あいつを殺すために結婚するのだぜ。ああ、それがどんなに恐ろしい婚礼だか、君に想像できるかね」

わしは長物語を終わって、じっと川村のようすをながめた。彼はもとのままの恰好で、肩で息をしながら、蚊のような声で、

「卑怯者、卑怯者」

　とつぶやいていた。

「さて、瑠璃子の処分は、のちのお楽しみとして、今は君の番だ。わしが墓穴の五日間を味わったと同じ分量の苦痛と恐怖を、どんな味がするものか、君になめさせてやるのだ。さア立ちたまえ。そして、いうことがあるなら、いって見たまえ」

　それを聞くと、川村はまるで命令でもされたように、スックと立ち上がった。そして、もじゃもじゃの頭をふりながら、自暴自棄のものすごい笑いを、ケラケラと笑った。

「で、君はその窓から、ピストルでも向けるのかね。それとも、そこを閉めきって、俺を窒息させようって寸法かい。それとも、このままうっちゃっておいて、うえ死にさせるのか。フフフフフ、だが気の毒だけれど、俺はちっとも驚きやしないよ。すっかり覚悟をきめてしまったよ。お上《かみ》の手で首つり台にのぼらされるよりか、君に殺された方がいくらましだか知れやしない。あの世では、またいとしい瑠璃子といっしょになれるんだからね」

「へらず口はよしたまえ。それとも君は恐ろしさに逆上してしまったのか。わしの復讐はそんな生やさしいもんじゃないんだ。君、少しも騒がないで死ぬ勇気があるかね。

ほんとうに大丈夫かね」

「大丈夫さ」

だが、それは人間の声ではなかった。罠にかかった哀れな小動物の悲鳴としか聞こえなかった。そして、彼の血走った両眼は、屠殺者《とさつしゃ》の斧《おの》を見返す、牝牛《めうし》の目であった。

わしは川村の虚勢《きょせい》をにくにくしく思ったので、ただちにトントンと扉を叩いて、機械場へ合図をした。そこには忠実な志村が待ちかまえていたのだ。

たちまち、ビューンというモーターの響き、ゴロゴロきしむ歯車の音、コンクリートのお堂の中に、何かしら恐ろしいことが起こりはじめた。

川村の耳にも、その物音がかすかに聞こえたに相違ない。彼は不安らしく、キョロキョロとあたりを見まわした。

「ウフフフフ、怖いかね。だが、川村君、わしがまっ暗な棺の中で目をさました時には、もっともっと不安だったよ」

皆さん、わしの残忍な行為を責めないでください。当時のわしは、復讐のほか何ものもなかったのじゃ。復讐だけがわしの生命であったのじゃ。

「あの音は何だ。教えてくれ。俺は一体どうなるのだ。何が起こっているのだ」

川村は堪《たま》らなくなって、メスの音を聞いた外科の患者のように、オドオドとたずねた。

「フフフフ、こわいのか」

「ウウン、こわいものか。だが、知りたいのだ。俺の運命が知りたいのだ」

「教えてやる。だが、後悔するな」

川村は言葉もなく、ブルッと身ぶるいした。

「上だ。上を見るのだ。フフフフフ、何をグズグズしている。見る勇気がないのか」

彼はいじけた子供のように上目使いをして、ソッと天井をながめた。だが、平らな鼠色の天井板には、何の変わったところも見えぬ。

「そんな見方では駄目だ。もっとじっと見ているのだ」

川村はいわれるままに、ふたたび天井を見あげた。長い間見つめていた。しかし、血まよった彼の目には何も映らぬ。ただ一面の鼠色だ。天井には、まん中から一本の電線がたれて、その先には、はだか電球がぶら下がっているばかりだ。

「フフフフフ、何を見ているのだ。天井に穴でもあいていると思うのか。そんな小さなものじゃない。あんまり大き過ぎて、君は気がつかぬのだ。天井そのものを見たまえ。あれが一枚の板だと思っているのかね。どうしてどうして、あれは一間《いっけん》も厚味のある、コンクリートの塊なんだよ。つまり、その部屋全体が一つのシリンダアなのさ。

分かったかい。ほら、さいぜん君の頭の上にあった電球が、もう君の目のあたりまで下がって来たじゃないか。なぜ電球が下がるのか、君わかるかね。いうまでもなく、天井そのものが、同じ速度で床の方へ下がっているのだよ」

川村はすべてをさとった。何トンというコンクリートの塊が、彼をおしつぶすために、ジリジリと下降しつつあることがわかった。天井と壁との間には少しの隙間もない。天井も床も滑らかな平面である。虫けら一匹のがれるすきもないのだ。

皆さん、これは悪魔でなくては考えも及ばぬ智恵であった。復讐の魔神がわしに教えてくれたカラクリであった。部屋そのものを殺人兇器としてもちいた例があるだろうか。

川村はほんとうに気がちがったのかも知れない。目は天井に向けたまま、二十日鼠《はつかねずみ》のように、せまい部屋の中でシリンダアの中をかけまわった。

無駄なことはわかりきっているのに、拳をふるって、四方の壁を叩きまわった。ついに手の皮がすりむけて、タラタラと血を流すまで。

「助けてくれ。助けてくれ。助けてくれエエ……」

身の毛もよだつ悲鳴が、四壁に反響して、異様な騒音となって、もれて来た。

「ワハハハハハ」

わしは小気味よさに、悪鬼のように笑いこけた。

西洋の復讐譚《ふくしゅうたん》には、罠にかかった犠牲者の哀れにもみじめな有様を見て、アッサリ復讐を思いきってしまう例がよくあるけれど、わしはそんな弱虫ではなかった。川村のこの苦しみも、わしが受けた大苦悶にくらべては、むしろすくなきに失するほどなのだ。「目には目を、歯には歯を」これがわしの動かしがたき信念であった。

「川村君、聞きたまえ、わしの考えがわかるかね。この奇妙なカラクリを作った意味がわかるかね。君はコンクリートの下敷きになって、一枚の煎餅《せんべい》と変わるのだ。そして、君の喉笛には、同じように煎餅になった赤ん坊の骸骨が、執念深くからみつくのだ。その恐ろしい親子煎餅をね、あいつに、その赤ん坊を産んだ女に見せてやるのだ。あいつはどんな顔をして驚くだろう。わしはその顔を見るのが今から楽しみだよ。ハハハハハ」

わしの方が気でもちがったように、言いたいことをわめき散らした。

川村の苦悶は長かった。天井が床に密着するまでには、たっぷり一時間はかかるのだ。その間、彼は虫の這うように遅々として下がって来る天井を支えながら、徐々に腰をかがめ、次には坐り、次にはうずくまり、ついには横臥《おうが》して、目を圧する大盤石《だいばんじゃく》に、とじこめられ、骨をしめぎ(注15)にかけられるまで、何らのほどこすべき手段もなく、泣きわめきながら、空しく待っていなければならなかった。ああかくのごとき大苦痛を味わった人間がかつてあっただろうか。

川村は犬殺しの檻《おり》の中へ投げこまれた野犬のように、ギャンギャンと狂おしく泣き叫んだ。

「ああ、俺はなぜ早く死ねないのだ。殺してくれ。さっきの短刀を返してくれ。ピストルでうち殺してくれ。首をしめてくれ。殺してくれエエ……」

ありとあらゆる歎願と呪詛《じゅそ》が、絶えては続き、絶えては続き、覗き穴をもれて来た。

コンクリートの天井が、半分ほど下降した頃、機械係りの志村がヨロヨロと現われた。見ると、彼は死人のように青ざめて、顔じゅうに脂汗を流している。

「旦那様、私はもうとても勤まりません。お慈悲です。どうかお暇をください」

彼はハッハッと息を切らしながら、解雇を申し出た。

「恐ろしいのか」

わしは冷然として聞き返した。

「ハイ。恐ろしいのです。あいつよりも私の方が死んでしまいたいくらいです」

「無理はない。君にまでこの上の苦痛をあたえるには及ばぬ。よく勤めてくれた。では今日かぎり暇を上げる。これはお礼のしるしだ」

わしはあらかじめお堂の中へ持ちこんでおいた、折鞄《おりかばん》を志村に渡した。十万円の紙幣がはいっているのだ。

×　　×　　×　　×

志村が立ち去ってから十分ほど経過した。一度スイッチを入れた機械は、彼がいなくても、休みなく動いている。

わしは例の覗き穴の前に立って、奇妙なものをながめていた。

それは穴の中からニュッと突き出した一本の腕であった。

人間の生きんとする執念は恐ろしい。川村はその三寸角ほどの小さな覗き穴から、外界へ逃げ出そうとしたのだ。もはや可能不可能は問題ではなかった。水死人が藁《わら》をつかむように、彼はその小穴にすがりついた。

彼は最初、そこから首を出そうともがいた。だが、覗き穴から見えていた彼の顔面は、少しずつ少しずつ、下の方へ隠れて行った。コンクリートの天井が、もう覗き穴の平面まで来ていて、彼の頭をグングンおしさげたのだ。

首はもう駄目。しかし、まだ少しばかり隙間がある。そこから川村は右腕をさし出した。腕だけでも逃げ出そうとする、恐ろしい執念だ。

腕はだんだんしめつけられていった。

五本の指が空中に舞踏をおどった。腕そのものが一つの生物のように、のたうちまわった。

そして、断末魔だ。

五本の指がギュッとにぎられたかと思うと、二、三度痙攣して、ダラリと開いた。同時にまっ直ぐに延びていた腕が、汽車のシグナルのように力なくななめに下がった。

奇妙な約束

わしは姦夫川村義雄を巨大なシリンダアの中で彼の不義の子とともに煎餅のように押しつぶしてしまった。復讐事業の目的の一半はみごとに達せられたのだ。しかし、まだ姦婦瑠璃子が残っている。あの美しい売女めを思う存分の目にあわせてやるのが、わしの復讐の最大眼目であった。墓穴から甦って来た白髪鬼の最後の望みであった。

妙な喩《たと》えだけれど、子供がご馳走をたべる時、一ばんおいしそうなものをあと廻しにして、まずいものから箸《はし》をつけて行くように、わしはさほどでもない川村義雄をまず最初にやッつけた。そして肝腎の瑠璃子をあとの楽しみに残しておいたのだ。大事にとっておいたのだ。

ところで、今こそ、あの最上の珍味に箸をつける時が来た。あの美しい人鬼を心ゆくまでぶちのめす時が来た。わしはもう何ともいえぬ異様な期待のために心臓が破れそうであった。ともすれば、とんでもない流行歌などを大声にわめきそうになって、ハッと口を押さえることもしばしばであった。

あんた方は、復讐鬼の舌なめずりを不快に思いますか。わしを憎みますか。いや、お隠しなさるな。あんた方の顔は妙にゆがんでいるじゃありませんか。あんた方の目は、何かいまわしいけだものを見るようにわしをにらみつけているじゃありませんか。もっともです。わしは当時復讐の一念にこり固まった一匹のけだものでしかなかった。しかしね、あんた方には、そういうけだものの気持はとても想像できますまいよ。わしはもはや人間ではなかった。怒りも喜びも悲しみも、人間世界のものではなかったのじゃ。

やがて、待ちに待ったわしと瑠璃子との結婚式の日が来た。

本来ならば、老人と後家との婚礼のこと故、なるべく目立たぬよう、質素に取り行うべきであったが、わしは復讐劇の最後の舞台を、思いきり華やかに効果的にするため、世間の思惑《おもわく》など考えず、飛びきりはでな披露宴を催した。

S市は白髪の老翁里見重之と美人後家大牟田瑠璃子の不思議な婚礼の噂でわき立っていた。新聞はわしたちの写真を大きく掲げて、この劇的な結婚をはやし立てた。瑠璃子のいわば不謹慎な行動について、大牟田家から苦情が出たりして、騒ぎは一そう大げさになった。だが、どのような故障も、わしの底知れぬ金力の前には、何の力もなかった。

婚礼の前日、わしは瑠璃子の住まいをたずねて、恋人としての最後の対面をした。奥まった日本座敷に、わしたちは二人きりであった。

瑠璃子は生娘《きむすめ》のようにソワソワして、どこか不安らしくさえ見えたが、そのかわり美しさは飛びきりであった。

ああ、この愛らしい女が、間もなくわしの前で断末魔のうめき声を立てるのか。このかわいい笑顔が苦悶のためにねじれゆがむのかと思うと、わしは躊躇を感じるどころか、その光景を想像しただけでも、こころよさに喉が鳴るほどであった。一人の犠牲者を屠《ほふ》って血に狂ったわしの心は、もはやまったくのけだものになりきってしまっていたのだ。

わしたちは婚礼の式場のことや、明日からの楽しい生活について、いろいろと語りあったが、瑠璃子はふとこんなことを言いだした。

「こうしてお話しするのも今日かぎりですわね。あすからは……」

里見夫人として、無尽蔵の財産を自由にする身の上になるのだとはいわなかった。

「それについてね。あたし、なんだか気がかりなことがありますの」

「気がかりなこと？　ああわかった、お前は川村君のことを考えているんだね。あんなにお前を愛していた」

「ええ、それもよ。妙ですわね。あたし旅から帰って一度も川村さんにお目にかかりませんのよ。どうなすったのでしょう」

「お前の留守中に、あの男の歓迎会を開いたことは知っているね。それっきりわしも会わないのだよ。伯父さんの遺産相続で成金になったものだから、うきうきと、方々遊びまわってでもいるのだろう」

「そうでしょうか。ほんとうをいうと、あたし昨日、通りがかりにちょっと川村さんのお宅へうかがってみましたのよ。しますとね、妙じゃありませんか、雇《やと》い人も何もいなくなって、空家みたいに戸がしめきって、お隣でたずねても、お引越しをなすったのかも知れませんなんて返事なんでしょう。なんだか気がかりですわ」

「お前の仕打ちを恨んで、自殺でもしたんじゃないかと、心配しているんだね。安心おし、川村の居所は、じつはわしがよく知っているよ。婚礼が済んだら、きっとあの男にあわせて上げるよ」

「まあ、ご存じですの。どこにいらっしゃいますの。遠方ですの？」

「ウン、遠方といえば遠方だけれど、なに、会おうと思えばわけはないのだよ……だが、お前が気がかりというのは、もっと別のことらしいね。言ってごらん。一体何をそんなに心配しているの？」

わしは、川村のことをこれ以上話していては危険だと思ったので、それとなく話題を変えた。瑠璃子もそれに乗って、彼女が一ばん気にしていることを思い出した。

「それは、あの、あたし、見せていただきたいものがありますの」

「ホウ、見たいものだって？　ああわかった。いつか話した黄金の仏像かい」

「いいえ」

「じゃ、わしの持っているたくさんの宝石が見たいのかい」

「いいえ」

瑠璃子はなぜか言いにくそうに、わしにばかりしゃべらせて、かぶりをふっている。

「はてな、そのほかにお前が見たいものなんて、ちょっと想像ができないね。言ってごらん。何も遠慮することなんかありゃしない」

「あのう……」

「ウンなに？」

「あなたのお顔が見たいのよ」

瑠璃子は思いきったように言った。

「え、わしの顔？　なにをいっているんだ。わしの顔はこうしてちゃんと見ているじゃないか」

「でも……」

「でも？」

「あなたはいつも、そんな大きな色眼鏡をかけていらっしゃるのですもの」

「ああ、そうか、お前はわしの目が見たいというのだね」

「ええ、一度その眼鏡をはずして、あなたのお目をよく見たいのよ。なんだか変ですわ。妻が夫の目を見たことがないなんて」

瑠璃子は遠慮勝ちにたずねた。彼女は何かしら不安を感じているようすだ。

「ハハハハハ、この眼鏡かね。これはめったなことではずさないのだよ。例えば婚礼とか臨終《りんじゅう》とか、そんなふうな一生涯の大事の場合のほかはね。わしは熱帯地方の烈しい日光のために目を痛めて以来、医者からお日さまを見ることをかたく禁じられているのだよ」

わしは眼鏡の奥で目を細くして答えたものだ。

「それじゃ、今おはずしなさってもいいじゃありませんか。今日はその婚礼の前日なんですもの」

「まあ、お待ち。なにもそんなにせくことはないよ。いよいよ婚礼の儀式がすんだら、きっとこれをはずして見せて上げるよ。あすの晩、ね、あすの晩こそ、お前の見たがっているものを、何もかも見せてあげるよ。わしの目も、わしの莫大な財産や宝石類も、それから、お前の会いたがっている川村君の居所もすっかり見せてあげるよ。まあ、それまで待っておいで。あすの晩こそ、わしたちにとっては、じつにすばらしい夜なのだよ」

そういわれると、瑠璃子は強いてわしの目を見ようと主張はしなかった。そして、嬉しさと一抹の不安とのまじり合った表情で、あどけなく、ニッコリ笑ってみせた。ふるいつきたいような愛らしい笑顔で笑ってみせた。この不思議な約束に、どのような恐ろしい意味がふくまれているかも知らないで。

卒倒

さて、婚礼の当日とはなった。

わしは永年の外国住まいで、日本のお宗旨には縁がなくなっているという理由で、S市唯一の(注16)耶《ヤ》蘇《ソ》会堂《かいどう》を式場と定め、万事西洋流の儀式を行うことにした。老人と未亡人との風変わりな婚礼には、その方がふさわしく思われたからだ。

細長い、天井の高い、薄暗い会堂の中は、美々《びび》しく着飾ったS市社交界の紳士淑女で一杯であった。この結婚には当の大牟田家の人たちが反対を唱えていたくらいだから、親族の参列者はほとんどなかったが、そのかわりにわしの金力に頭の上がらぬ実業家連が親族以上の熱心さで集まって来た。

純白の洋式礼装をした瑠璃子は神々《こうごう》しいほど美しく見えた。

彼女は商業会議所会頭夫妻に伴われ、二人のかわいらしい少年に裳《もすそ》をとらせて、しずしずと祭壇の前に現われたが、ちょうど午後の日光が、高い窓のステインド・グラスを通して、薄絹の冠《かぶ》りものを、赤に緑にそめなし、瑠璃子の身辺に五色の虹が立つかと疑われた。

花婿であるわしはというと、西洋流に胸の白い礼装はしていたが、白髪白髯に黒眼鏡という異様な姿だ。不気味な老人と白百合のように気高い花嫁の対照が、参列者たちに一種奇異の感をあたえたに相違ない。

何かしら不吉な前兆のようなものが、式場全体にただよっていた。花嫁が美しすぎたからか。花婿の白髪白髯のせいであったか。会堂の陰気な高い丸天井のためであったか。それとも、スティンド・グラスの五色の影のなせる業であったか。いや、それよりも、もっと不思議なことがあったのだ。

そこには、故大牟田敏清の幽霊がいた。花婿はかつて大牟田子爵が愛用していたのと寸分たがわぬ燕尾服を着用し、手袋からステッキにいたるまで、そっくりそのままのものを用い、その上、身振り、歩きくせ、肩の振り方まで、昔の大牟田子爵をむき出しにしていた。

つまりわしは、長い間矯《た》め隠していたわし自身の癖を、すっかりさらけ出して、白髪白髯の黒眼鏡のほかは、まったく昔の大牟田になりきって式場に現われたのだ。

しかし人々は、この白髪の老いたる花婿が、死せる大牟田敏清の再来であろうなどと、思い及ぶはずもなく、ただ、わしの身のこなしに現われた奇妙な変化に、一種名状しがたい不安を感じたに過ぎなかった。見渡すと、人々の顔は皆一ように青ざめて、不吉な予感におののくがごとく押し黙っていた。

わしは介添役《かいぞえやく》の実業家T氏夫妻を従えて、故大牟田敏清の歩き方で、しずしずと祭壇の上の花嫁に近づいて行った。

瑠璃子はふと顔を上げて、わしの姿を一目《ひとめ》見ると、ギョッとしたように目を見はった。見る見る顔の色がうせて行った。彼女はなき夫の幽霊をまざまざと見たのだ。だが彼女とても、わしが大牟田子爵その人であろうとさとるよしはなく、うしろ暗い身の、気の迷いにちがいないと、心を取り直したのであろう。やがて、わしと向き合って、老牧師の前に立ちならぶ頃には、顔色ももとに戻っていた。

式は簡潔に、しかし、厳粛に進行して行った。頭のてっぺんが丸く禿《は》げあがった、イギリス人の老牧師は、荘重な口調で聖書の一節を読みあげた。

儀式の順序に従って、わしは用意の指環《ゆびわ》を花嫁の指にはめてやり、誓いの言葉を述べた。

すると、突然、じつに変てこなことが起こった。美しい花嫁の唇から、絞め殺されるようなうめき声がもれたかと思うと、彼女の身体は棒のように倒れて行った。わしが飛びついて、抱きとめるのが一秒おくれたら、この盛装の花嫁御《はなよめご》は、神様の祭壇の前に、ぶざまにひっくり返っていたに違いない。

何が瑠璃子を卒倒するほども驚かせたのか。ほかでもない。今彼女の指にはめてやった指環と、誓いの言葉を述べたわしの声とであった。

彼女はかつて故大牟田敏清の手ずから、結婚の指環をはめてもらったことがある。それは敏清の死後宝石箱の中へしまいこんでいたのだが、その時の指環と、彫刻から石の形まで寸分たがわぬ指環を、今第二の夫であるわしがはめてくれたのだ。

彼女はわしの姿に大牟田子爵の幽霊を見て、云い知れぬ不安に襲われていた。その幽霊がかつて子爵がしたのとまったく同じ仕方で、まったく同じ彫刻の指環を、彼女の指にはめたのだ。これがギョッとせずにいられようか。

その上わしの声だ。長い間作りに作っていた里見重之の音調をやめて、持って生まれた大牟田敏清の声を聞かせてやったのだ。

瑠璃子の意識下に押しつぶされて、小さくなっていた亡夫の怨霊《おんりょう》がたちまち巨大なお化けとなって、彼女の心一杯にふくれ上がった。過去の罪業《ざいごう》が、海坊主のような恐ろしい姿で、彼女をおびやかした。そしてさすがの妖婦瑠璃子も、この晴れの場所で、不覚にも気を失う羽目とはなったのだ。

じつに奇妙な光景であった。

白髪白髯の花婿が、気絶した白鳥のような花嫁をかかえて、祭壇の前に立ちはだかっていたのだ。高い窓のステインド・グラスからにぶい五色の光が、瀕死《ひんし》の白鳥の上に奇怪なスポット・ライトを投げていた。わしのうしろには、狼狽した老牧師の顔があった。そのまたうしろにはたくさんの蠟燭が、薄暗い祭壇を背景にして、血のような色でもえていた。

それからの騒ぎは、くだくだしく申し上げるまでもない。気絶した瑠璃子は、介添の人々によって、会堂からわしの新居へとはこばれた。つい申し忘れたが、結婚の話がきまった頃、わしはさる外国人の邸宅を譲り受けた。それに充分手入れをした上、数日前、ホテルを引き払って、そこへ移り住んでいたのだ。

瑠璃子は、わしの新居のベッドの中で目をさました。駈けつけた医者の手当てを受けるまでもなく正気に返った。

「瑠璃子さん、しっかりしなくてはいけない。わしたちの結婚式は無事にすんだのだよ。ただ、お前がちょっとめまいを起こしただけだ。何でもないのだよ。どうだね気分は。今夜の披露宴に出られそうかね」

わしは病人の枕もとに立って、里見重之の声でやさしくいった。

「お騒がせしてすみません、あたしどうしたのでしょう」

「婚礼の儀式がお前を昂奮させたのだよ。なにも気にすることはありやしないよ」

「そうですわね。やっぱりあなたでしたわね。あたし、さっき、あなたが何だか、まるで別の人のように見えましたのよ。声までも。そして、ああ、この指環」

瑠璃子はふと思い出して、オズオズと彼女の指をながめた。だが、そこにはもうさっきの指環はなかった。まったく別の結婚指環がキラキラと光っていた。気絶している間に、わしがはめかえておいたのだ。

「ああ、では、やっぱり、あたし幻を見たんだわ」

瑠璃子はホッと安堵したようにつぶやいた。

「どうしたの？　指環がどうかしたの？」

わしが何気なくたずねると、彼女は真から嬉しそうな笑顔になって、甘えた声で答えた。

「いいえ、なんでもないのよ。もういいのよ。この指環ほんとうに立派ですこと」

穴蔵へ

かくして、わしの復讐前奏曲は、みごとに成功した。瑠璃子はまだ少しも真相をさとらず、しかも、気絶するほどの恐怖を味わったのだ。彼女の気絶はこれが二度目であった。二度もそんな目にあいながら、わしの正体を看破できぬとは、彼女ほどの妖婦としては、あまりに迂闊《うかつ》なように思われるかもしれぬが、一度墓穴に埋葬された男が、白髪の老人となって生き長らえているという、この事実の奇怪さが、人間の想像力を越えていたのだ。けっして瑠璃子の迂闊ではなかった。

さて、その夜の披露宴も、S市はじまって以来の華やかさで、とどこおりなく終わった。わしと瑠璃子とは、ヘトヘトに疲れて、ホテルの広間から、わしの新居へと帰りついた。芳醇《ほうじゅん》な酒の香、かしましいお祝いの言葉、蜘蛛の巣のようにからみつく五色のテープ、耳を聾する音楽の響き、それらのものが、いつまでも頭にこびりついて離れなかった。何かこう紫の雲に包まれて、春の空をただよってでもいるような気持であった。いや、少なくとも瑠璃子だけはそんな気持であったにちがいない。

帰宅して、婚礼の衣裳のままグッタリとソファにもたれて、お茶を飲んでいると、鳩時計がホウホウと十二時を報じた。

「お前眠くはない？」

「なんだか妙ですわ。ちっとも眠くありませんのよ」

瑠璃子は上気してつやつやした頬をニッコリさせて答えた。

「じゃ、これから出かけよう。今夜お前に見せるものがあったのだね」

「え、どこへですの。何を見ますの」

「おや、もう忘れたのかえ。ほら、婚礼がすんだらきっと見せてあげると約束したじゃないか。わしの財産、わしの宝石」

「まあ、そうでしたわね。あたし見とうございますわ。どこですの、どこにしまってありますの」

彼女はその財宝ゆえにこの老人と結婚したのだもの。早く見たいのも無理ではない。

「秘密の倉庫があるのだよ。少し淋しい場所だけれど、お前これから出かける勇気があるかね」

「ええ、あなたといっしょなら、どこへでも」

「よしよし、それじゃすぐ出かけよう。じつはその倉庫は昼間だと人目にかかる心配があるのだよ、わしは夜でなければ出入りしないことにしているのだよ」

そして、わしたちは、まるで駈落者《かけおちもの》のように、手に手をとって、邸の裏口から忍び出した。

「遠いのですか」

瑠璃子は暗い町を、わしのうしろから急ぎながらたずねた。

「なに、わけはないよ。五、六丁歩けばいいのだ」

「でも、そちらにはもう町はないじゃありませんか。どこへ行きますの」

わしの新居はS市の町はずれにあったので、少し歩くと、淋しい野原であった。その向こうには、満天の星の下に小高い丘が見えている。

「黙ってついておいで、何も怖いことはありやしないよ」

「あなた、そこに何を持っていらっしゃいますの」

「蠟燭と鍵だよ」

「まあ、蠟燭ですって、そんなものがいりますの」

「ウン、わしの倉庫には電燈がないのだよ」

言いながら、わしは瑠璃子の手をしっかりにぎって、グングン歩いて行った。野中の細道を、星明かりにすかしながら、行く手の丘へと急いだ。

「あたし怖いわ。明日にしましょうよ。ね、明日にしましょうよ」

瑠璃子がおびえて尻ごみするのを、わしは無言のまま引きずるようにして丘の坂道を登って行った。彼女はまさか悲鳴を上げるわけにもいかず、仕方なくついて来た。

「さア来たよ。ここがわしの宝物蔵《ほうもつぐら》だ」

立ち止まった目の前に、黒い鉄の扉があった。丘の中腹にうがった穴蔵の入口だ。

「まあ、あなた、ここはお墓じゃありませんか。大牟田家の墓穴じゃありませんか」

瑠璃子はやっとそれに気づいて頓狂な声を立てながら、わしの手をふり放そうともがいた。

「そうだよ。大牟田家のお墓だよ。なんとうまい金庫じゃないか。わしの財産がこんなところに隠してあろうとは、どんな泥棒だって気がつくまいよ。ちっとも怖いことはありやしない。穴蔵の中は綺麗なものだ。わしはしょっちゅう出入りしているので、まるで自分の家《うち》へ帰ったような気持だよ」

事実そこはわしの家に相違なかった。白髪の鬼と化してこの世に再生したわしの産《うぶ》屋《や》に相違なかった。

瑠璃子はわしに片手をとられたまま小さくなってワナワナとふるえていた。彼女の手先がにわかにつめたくなったのが感じられた。でも、悲鳴を上げるようなことはしなかった。しいて逃げ出す気力もなかった。そんなことをすれば、わしの顔が恐ろしい鬼となって、彼女にかみつくかも知れないことを恐れたのだ。わしは暗闇の中で錠穴を探して、さびた鉄の扉をあけた。キイイ……と死人のうめき声とともに、ポッカリ黒い口が開くと、その奥から、ゾッとする冷気が襲って来た。あの世の風が吹いて来た。

その洞穴へ進み入ろうとした時には、さすがに瑠璃子は懸命にふみとどまろうとしたけれど、わしは情容赦《なさけようしゃ》もなく、か弱い彼女を、地底の墓穴へと引きずりこんでしまった。引きずりこんで中から入口の鉄扉をピシャリ閉めてしまった。

数秒間、わしたちは盲目になったようなまっ暗闇に、無言のまま佇んでいた。死の静寂の中に、瑠璃子の烈しい息づかいだけが聞こえていた。

「瑠璃さん、怖いかね」

わしが囁《ささや》き声でたずねると、わしの妻は存外しっかりした調子で答えた。

「ええ、少しばかり。でも、こうしてあなたが手をにぎってくださるから、あたし心丈夫ですわ。それに、私たちの宝物を見るんですもの」

「わしのすばらしい宝石を早く見せて上げたいよ。お前どんなにびっくりするだろう」

「ええ、早く見たいわ。こんな淋しい恐ろしい場所に、宝物が隠してあるなんて、まるで何かの物語みたいですわね」

「お待ち。今蠟燭をつけるから」

わしはマッチをすって、用意の蠟燭に点火し、墓穴の中に置いてあった、例の古風な西洋燭台にそれを立てた。

三つの棺桶

「さア、わしの宝石箱は少々風変わりだよ。これだ。この中をごらん」

蠟燭の赤茶けた光にゆれて暗闇の洞窟の床に、三つの大寝棺が並んでいた。むろん墓穴の奥は深くて、幾十の棺桶が安置してあるのだけれど、それは闇に隠れて見えず、ただ三つの寝棺だけが、ことさらそこへ引き出し並べたように、燭台の下にかたまっているのであった。

わしは、その棺の一つの蓋を持ち上げて、瑠璃子をさし招いた。瑠璃子はこわごわ薄暗い棺の中を覗きこんだ。

その棺というのはほかでもない、例の海賊朱凌谿の贓品箱《ぞうひんばこ》だ。わしがそれまでに持ち出したのは、主として紙幣や金貨であったから宝石類はそっくりそのまま残っている。しかもわしはあらかじめ布袋を破って、無数の珠玉を、河原の砂のように、棺の上面へ並べておいたので、薄暗い蠟燭の光とはいえ、棺の中は、まるで天上の星を一《ひと》ところに集めたかと疑われる美しさであった。そこを覗きこんだ瑠璃子が「まあ……」と息を呑んで、一刹那化石したように動かなくなったのもけっして無理ではなかった。

「見ていないで、さわってごらん。ガラス玉やなんかでないのだよ。一粒一粒が一と身代《しんだい》に相当するほどの名玉ばかりなのだよ」

わしにいわれて、瑠璃子はやっと正気に返ったように、オズオズと手をのばして、宝石をつかみあげた。つかみあげてはサラサラとこぼし、つかみあげてはサラサラとこぼした。そのたびごとに、彼女のしなやかな白い指のまわりに、五色の虹が立つのであった。

「まあ、この宝石が、みんなあなたのもの？」

さすがの妖婦も、目がくらんで、放心して、子供みたいな口のきき方をした。

「ウン、わしのものだよ。そして、今日からは、わしの妻であるお前のものだよ。これがみんなお前の好き勝手にできるのだよ」

「まあ、嬉しい！」

瑠璃子はたあいなく相好をくずし、子供のように躍り上がって喜んだ。嬉しさに手を叩かんばかりであった。

ああ、宝石の魅力の恐ろしさよ。瑠璃子ほどの妖婦を、まるで十歳の少女のように、真底から喜ばせ、有頂天にしてしまったではないか。闇夜の怖さも、墓場のものすごさも、キラキラ光る鉱物の魅力にくらべては、物の数ではなかった。

瑠璃子の頬は昂奮のために桜色であった。目は貪慾《どんよく》にもえ輝いた。そして、あの笑顔！　わしは瑠璃子のこんなに愛らしい笑顔を、まだ一度も見たことはなかった。

「夢みたいだわ。お伽話みたいだわ。あたし女王様にでもなったようだわ」

彼女は世迷言《よまいごと》をつぶやきながら、あかず宝石をもてあそんでいたが、やがて、ふと気がついたように、のこり二つの棺桶に目を注いだ。

「あなた、こちらの箱にも、やっぱり宝物がはいっていますの？」

「ウン、また別の宝物がはいっているのだ。お前その燭台を持ってこちらへ来てごらん。わしが蓋をあけて見せて上げるから」

瑠璃子はいわれたとおりにして、第二の棺の開かれるのを待った。

「そら、のぞいてごらん」

わしは重い蓋を持ち上げて、やさしく言った。

瑠璃子は、蠟燭をさしつけるようにして、棺の中を覗きこんだ。覗きこんだかと思うと、はね返されるように飛びのいた。燭台が手を離れて地上にころがった。

「なんだか変なもの。あれ何ですの」

彼女は今にもワッと泣きだしそうなふるえ声でたずねた。

「もう一度よく見てごらん。お前にとっては宝石よりも大切な宝物だよ」

わしは転がった燭台を拾い上げ、それで棺の中を照らしながら言った。

瑠璃子は遠くから、及び腰になって、その変なものを覗きこんだ。

「まあ、死骸！　気味がわるい。早く蓋をしてください。もしやそれは……」

「お前の先の旦那様ではないよ。ごらん、顔なんか生前のままだ。お前の旦那様の大牟田子爵の死骸なら、こんなに新しくはないはずだよ」

瑠璃子は、だんだん真剣な顔になって、その死骸をじっと見つめていたが、彼女の相好は見る見る変わっていった。そして、ふるえる唇が大きく開いたかと思うと、何ともいえぬものすごい叫び声が洞窟にこだました。彼女は両手を目に当てて、遠くの隅へ走って行った。あとからお化けが追っかけてでも来るように。

「瑠璃子！　お前の情人と、お前がそのおなかから産み落とした赤ん坊の死骸だ。わかったか」

わしは、突然大牟田敏清の声になって、重々《おもおも》しく言いはなった。

その棺の中には、川村義雄の死骸が、腐りただれた不義の嬰児を抱いて横たわっていた。わしがあらかじめY温泉の別邸からはこんでおいたのだ。

瑠璃子は、わしの声を聞くと、機械仕かけのようにクルッと振りかえった。彼女はもう怖がってはいなかった。たちまち夜叉《やしゃ》の形相《ぎょうそう》となって、わしに食ってかかった。

「あなたは誰です。こんなものを見せて、あたしをどうしようというのです」

「わしが誰だって? ハハハハハ、お前はこの声を聞き覚えがないと見えるね。わしが誰だかということはね。さアごらん、この第三の棺桶を見れば分かるのだよ。ほら、蓋がこわれているだろう。そして中は空っぽじゃないか。この棺は一体誰を葬ったんだろうね。その死人は棺の中で生き返ったかも知れないぜ。そして、もがきにもがいて棺を破り、この墓穴を抜け出したかも知れないぜ」

瑠璃子はうつろな目でわしの顔を見つめたまま立ちすくんでしまった。彼女にもやっと、ことの仔細がわかりはじめたのだ。

「覚えているかね。わしは昨日お前に三つの約束をした。第一はわしの財宝を見せること、第二は川村義雄に会わせること。そして第三はほら、この黒眼鏡をはずすことだったね」

わしは眼鏡をかなぐり捨て、大牟田敏清の眼をむき出しにして、ハッタと姦婦をにらみつけた。

ああ、わしはその時瑠璃子の顔に浮かんだような、身の毛もよだつ恐怖の表情を見たことがなかった。おどしつけているわし自身さえ、あまりのものすごさに、ゾッと冷水をあびせられた感じであった。

そして、彼女は声も立てず、そのままシナシナと、まるで白百合がしぼむように、地上にくずおれてしまった。

瑠璃子は三たび気を失ったのだ。

恐ろしき子守唄

わしは花嫁姿の気絶者を、宝石の棺の上に横たえ、彼女の胸を静かにさすりながら、正気に返るのを待った。このまま死なせてしまっては、わしの目的を果たすことができないからだ。

十分ほど、辛抱強く待っていると、彼女はやっと目を開いた。そしてわしのむき出しの目を見たけれど、もはや叫ぶ力も、逃げ出す気力もないようにみえた。

そこで、わしは、たっぷり一時間もかかって、彼女の無情を責め、悪事の数々をかぞえ上げ、わしの蘇生の顚末《てんまつ》を述べ、洞窟にとじこめられた五日間の、たとえがたき苦悶を訴え、ついに復讐の鬼となって、姦夫姦婦に接近したしだいを、詳細につげ知らせた。殊に川村義雄圧殺《あっさつ》の一条は、できるだけ残酷に、彼女をふるいおののかせるように語り聞かせた。

話半ばから、瑠璃子はサメザメと泣き出していた。青ざめた美しい頬をとめどもなく涙がつたい落ちた。

わしの話が終わっても、彼女は長いあいだ泣きつづけていたが、やがて、指先で涙をはらって棺の上に起きなおり、泣きぬれた顔で、こんなことを言いはじめた。

「恐ろしいお話ですわ。あたし、どうしてお詫びしていいか分かりませんのよ。でも、あなたは誤解をしていらっしゃいますわ。それは川村さんとあれしたことは嘘だとは申しませんけれど、なんぼなんでも、あなたを殺すなんて、どうしてそんな恐ろしいことができましょう。もし企らんだこととすれば、それは、川村さん一人で企らんだのです。あたしはちっとも知らなかったのです」

「だが、あとになって、お前はわしの変死を喜んでいた。わしはお前たちが喜びあっている言葉を、この耳で聞いたのだ」

「でも、それは魔がさしたのですわ。川村さんにたぶらかされていたんですわ。だんだん日がたつに従って、あたし、旦那様のことを思い出されてしようがなかったのです。考えてみますと、あたしほんとうの心は、あくまで旦那様をお慕《した》い申していたのですわ。それが証拠に、たとい姿形は変わっていても、やっぱりあなたと結婚するようなことになったではございませんか。川村さんを振り捨てて、あなたの胸へ飛びこんで行ったではございませんか。あたしは若い身そらで、どうしてあなたのような白髪のお爺さんを愛する心になったのでしょう。恐ろしい因縁ですわ。あたしのもう一つの心が、あなたの正体をちゃんと見ぬいていたからです。昔の旦那様であればこそ、年とったあなたに引きつけられたのです。

「ねえ、あなた、あたしはなんて仕合わせものでしょう。おなくなりなすったとばかり信じていた旦那様と、こうしてめぐりあえた上に、知らぬ間に、その方と結婚していたなんて、あたしたちは一度で足らなくて、二度も婚礼をしましたのね。こんな嬉しいことはありませんわ。

「ねえ、あなた、昔の瑠璃子を思いだしてくださいまし。あたしまだあの時と同じ優しい心を持っています。美しい肌を持っています。ああ、あなたはよくあたしをお風呂に入れてくださいましたわね。そして、あたしの身体をおもちゃにしてお遊びなさいましたわね。

「ねえ、旦那様、わたしはもうあなたの奴隷です。どんなことでも致します。どうかあたしを許してくださいまし、そして、昔のようにかわいがってくださいまし。お願いです。お願いです」

泣きぬれて、それゆえ一そう美しく見える顔に、なまめかしい嬌笑《きょうしょう》を浮かべながら、彼女はかき口説いた。

いや、彼女は言葉でかき口説いたばかりではない。ついには彼女の美しい肉体をもって口説きはじめた。

そこは人里離れた洞窟の中であった。わしたちはたった二人のさし向かいであった。彼女はしようと思えばどんな真似でもできたのだ。

ああ、なんという恥知らずのふるまいであろう。瑠璃子にしては、命の瀬戸際に恥も外聞もかまってはいられなかったのだ。彼女は純白の婚礼衣裳をかなぐり捨て、わしの前に、彼女の美しい肌を見せびらかした。

闇の中に大きな桃色の花が開いたのだ。そして、それがクネクネとあらゆる痴態《ちたい》を示して、うごめきはじめたのだ。

わしはタラタラと冷汗を流し、歯を食いしばって、この美しき誘惑に抵抗した。

「駄目だよ。お前がいくらそんな真似をして見せても、わしはもう人間の暖かい心を持っていないのだから。わしは人間ではないのだ。地獄の底から這いだして来た一匹の白髪の鬼なのだ。そんな人間界のまどわしに乗るものではないよ。わしは復讐にこり固まっているのだ。お前がいかに弁解しようとも、わしの知っている事実をまげることはできない。わしの計画は一分《いちぶ》だって変更するわけにはいかないのだ」

わしは顔の筋一つ動かさず言い放った。

「では、あたしをどうしようとおっしゃいますの」

「わしが受けたのと同じ苦痛をあたえるのだ。目には目を、歯には歯を。これがわしの動かしがたい決心なのだ」

「では……」

「ほかでもない。お前をここへ生き埋めにしてやるのだ。その棺の中にはお前の何よりも好きな宝石が満ちみちている。巨万の財産が転がっている。お前はその宝物を持ちながら、二度と浮世の風に当たることができないのだ。いつぞやわしが味わったのと、まったく同じ苦痛を味わわせてやるのだ。

「それから、もう一つの棺の中には、お前の恋人がいる。お前のかわいい赤ちゃんがいる。お前はちっとも淋しくはないはずだ。親子三人むつまじく、同じ墓穴の土となるのだ」

「ああ、悪人め！　お前こそ人殺しだ。なさけを知らぬ人鬼だ」

突然、瑠璃子の口から恐ろしい言葉がほとばしった。

「さア、そこをのけ。あたしは出るのだ。お前を殺してでもここを出るのだ。畜生め、悪人め」

彼女は叫びながら、いきなり、わしに武者振《むしゃぶ》りついて来た。鋭い爪がわしの肉に食い入った。

か弱い女にどうしてあんな力が出たのかと、今でも信じられないほどだ。彼女はわしに組みついて、わしをねじ伏せてしまった。ねじ伏せておいて、いきなり入口に向かってかけ出そうとした。

わしは彼女の足首をつかむのがやっとだった。

それから、組んずほぐれつの、みにくい格闘がはじまった。燕尾服を来た白髪の老紳士と、ほとんど裸体になった美人との取り組みだ。瑠璃子はけだもののような叫び声を発しながら、歯をむき出し、爪を立てて、死にもの狂いに武者振りついて来た。

黒と白との二つ巴が、地底の洞窟を、物の怪のように転がりまわった。

しかし、いかにたけり狂えばとて、彼女は到底わしの敵ではなかった。ついにヘトヘトになって、白い肉の塊のように動かなくなってしまった。

死んだのではないかと、覗いて見ると、彼女はたしかに生きていた。息も絶え絶えに生きていた。

「では、これがお別れだ。お前は永久にこの墓穴にとじこめられたのだ。わしの苦しみがどんなであったか、ゆっくり味わってみるがいい」

わしは言い捨てて、洞窟を走り出て、外から鉄の扉をしめ、鍵をかけた。わしの復讐事業はまったく終わりをつげたのだ。あとは、どこか遠くの土地へ高飛びしてしまえばよいのだ。余生を送る費用は、充分用意がしてあるのだから。

空を仰ぐと、降るような星だ。黒い微風が、ソヨソヨと熱した頬をかすめて行く。わしは立ち去ろうとして躊躇した。瑠璃子はどうしているかしら。

ふと気がつくと、どこからともなく、やさしい子守唄の声が聞こえて来た。わしは何かしらゾッとして、聞き耳を立てた。どうやらその声は洞窟の中から響いて来るらしい。

変だ。生き埋めにされた瑠璃子が、呑気らしく唄など歌うはずはないがと、気になるままに、鍵を取り出してもう一度錠前をはずし、ソッと一寸ばかり扉を開いて見ると、そこにはじつに異様な光景があった。

ほとんどまっぱだかの瑠璃子が、腐りただれた赤ん坊の死骸を抱いて、くずれるような笑顔でその赤ん坊をあやしながら、腰を振り振り、右に左に歩いていたではないか。

彼女は右手一杯に宝石をつかんで、それを、あるいは彼女自身の乱れた髪の毛の上に、あるいは赤ん坊の胸にサラサラサラサラ、子供の砂遊びのように、こぼしていたではないか。

「坊や、うッついでちょ。うッついでちょ。母あちゃまはね、女王様になったのよ。こんなに宝石があるのよ。ほらうッついでちょ」

わけのわからぬことをいって聞かせながら、またしても子守唄を歌いつづけるのだ。うっとりとするほど美しい声で、あのやわらかい節まわしを歌いつづけるのだ。

わしは茫然として、長い長い間、その異様に美しい光景に見とれていた。

× × × ×

これでわしの恐ろしい身の上話はおしまいです。

それから、どうしてわしがつかまえられ、獄に投ぜられたかは皆さんの方がよく知っておいでじゃ。

わしは悪に報ゆるに悪をもってした。その報復を楽しみさえした。瑠璃子と川村の悪は完全に報いられた。だが、今度はわし自身の悪が残っている。これに報いがなくてすむはずのものではない。それを警察の方々《かたがた》がやってくだすった。わしは高飛びの途中、まんまと、つかまってしまった。以来十何年、わしはこうして獄舎の生活を続けているのじゃ。

そして、今ではわしの所業《しょぎょう》についてこんなふうに考えています。わしは復讐を楽しみすぎた。わしこそ悪人であった。瑠璃子も川村も、あれほどの恐ろしい報いを受けることはなかったのだ。考えてみると、彼らには実にかわいそうなことであった。また、わし自身にとっても、無駄な努力をしたものだと。十何年の獄中生活が、わしをこんな内気な男にしてしまったのですよ。皆さん。

（『富士』昭和六年四月号より翌年四月号まで）

注1　三助
　風呂屋の使用人。客の背中を流したりする。

注2　瓢
　ひょうたん。酒などを入れる。

注3　何十万
　現在の数億円。

注4　百万円
　現在の約十億円。

注5　古袷
　裏地のある古い着物。
注6　差し入れ屋
　刑務所の受刑者に差し入れる品を扱う店。
注7　二十万円
　現在の約二億円。
注8　三万円
　現在の約三千万円。
注9　燭光
　明るさの単位。一燭光はロウソク一本分程度の明るさ。
注10　六百匁
　一匁は3・75グラムなので、約二キログラム。
注11　十万円
　現在の約一億円。
注12　みそか男
　人妻のもとにひそかに通う男。間男。
注13　九寸五分
　約三十センチの短刀。

注14　五燭

燭は明るさの単位。弱い明かり。

注15　しめぎ

菜種や大豆などをしぼる道具。

注16　耶蘇会堂

キリスト教会のこと。

『白髪鬼』解説

落合教幸

江戸川乱歩の「白髪鬼」は、昭和六（一九三一）年四月から翌七（一九三二）年四月まで、講談社の雑誌『富士』に連載された。

乱歩には何度か多作の時期があるが、昭和六年はその二度目の多作期にあたっている。第一の多作期は大正時代の末で、この時期には「D坂の殺人事件」「屋根裏の散歩者」「人間椅子」など、短篇小説の傑作を生みだし、中編「パノラマ島奇談」がその末尾となった。

休筆をはさんで復帰した乱歩は第二の多作期に入り、講談社の読物雑誌などに長編を連載していく。これにより、従来の読者層であった探偵小説愛好家のみでなく、一般読者にも江戸川乱歩の名前は知られるようになった。

昭和四（一九二九）年の連載長篇小説「孤島の鬼」と「蜘蛛男」から、こうした一般読者に向けた長篇小説は始まり、昭和五（一九三〇）年の「猟奇の果」「魔術師」「黄金仮面」、そして『報知新聞』に連載の「吸血鬼」などが書かれたのだった。

その一方で、探偵小説の中心的な雑誌であった博文館の『新青年』には、昭和三（一九二八）年の「陰獣」、昭和四年の「芋虫」「押絵と旅する男」を発表したのみで、それ以降は小説を載せていない。『新青年』にはそれにふさわしい探偵小説を書かねばならないという気負いが、乱歩を苦しめていた。当時の乱歩の苦悩は「旧探偵小説時代は過去った」「トリックを超越して」という随筆にあらわれている。乱歩は再び休筆という道を選び、しばらく期間を置いたのち、「悪霊」という小説を『新青年』に書くことになるのである。

のちに昭和十五（一九四〇）年に作成されたスクラップブック『貼雑年譜』の、昭和六年の見出しは「虚名愈々《いよいよ》高く売文生活二十年間を通じ、収入支出共に最も多かった年、身辺多事」となっている。回想録『探偵小説四十年』には、多かったというその支出についても触れられているが、旅行や家族関係の支出があったほかに、株で一万円近く損をしたとも記述している。この年に出る平凡社の江戸川乱歩全集が、一冊一円であることを考えると、当時の一万円というのは、現在の一千万円以上の金額ということになるだろう。

とはいえ、この乱歩全集などの収入によって、乱歩の生活は崩れることを免れ、それだけでなく、しばらくのあいだ休筆することを可能にするほどの貯えももたらすことになったのだった。「白髪鬼」などの連載を終了させた昭和七年の春、全十三巻の全集も完結して、乱歩はまた休筆に入った。

乱歩の「白髪鬼」は、黒岩涙香《くろいわるいこう》による同じ題名の「白髪鬼」を書き直したものである。涙香の「白髪鬼」は、明治二十六（一八九三）年六月二十三日から十二月二十九日に『萬朝報』に連載され、明治二十七（一八九四）年一月に初篇、二月に後篇と、二冊に分けて刊行された。

明治のジャーナリストである黒岩涙香は、新聞『萬朝報』を創刊して活躍しただけでなく、多くの小説を発表している。涙香は明治二十年代に「法廷の美人」「人耶鬼耶」といった、海外の小説を日本の読者に読みやすく書き直した翻案小説を書き、探偵小説を広めた。探偵小説以外にも「巌窟王」「噫《ああ》無情」といった翻案小説を出している。涙香は後の作家に影響を与えているが、野村胡堂《のむらこどう》や吉川英治《よしかわえいじ》などとともに、乱歩もその愛読者の一人であった。乱歩は少年期に涙香を読み、夢中になった。

大正時代の末に登場した探偵小説作家が連載小説を書き始めるころには、すでに涙香は亡くなっていたが、少年期に貸本屋で涙香作品に没頭した経験を持つ作家たちが、一般向けの読み物を書く際に意識したのが涙香であった。乱歩は講談社の雑誌に

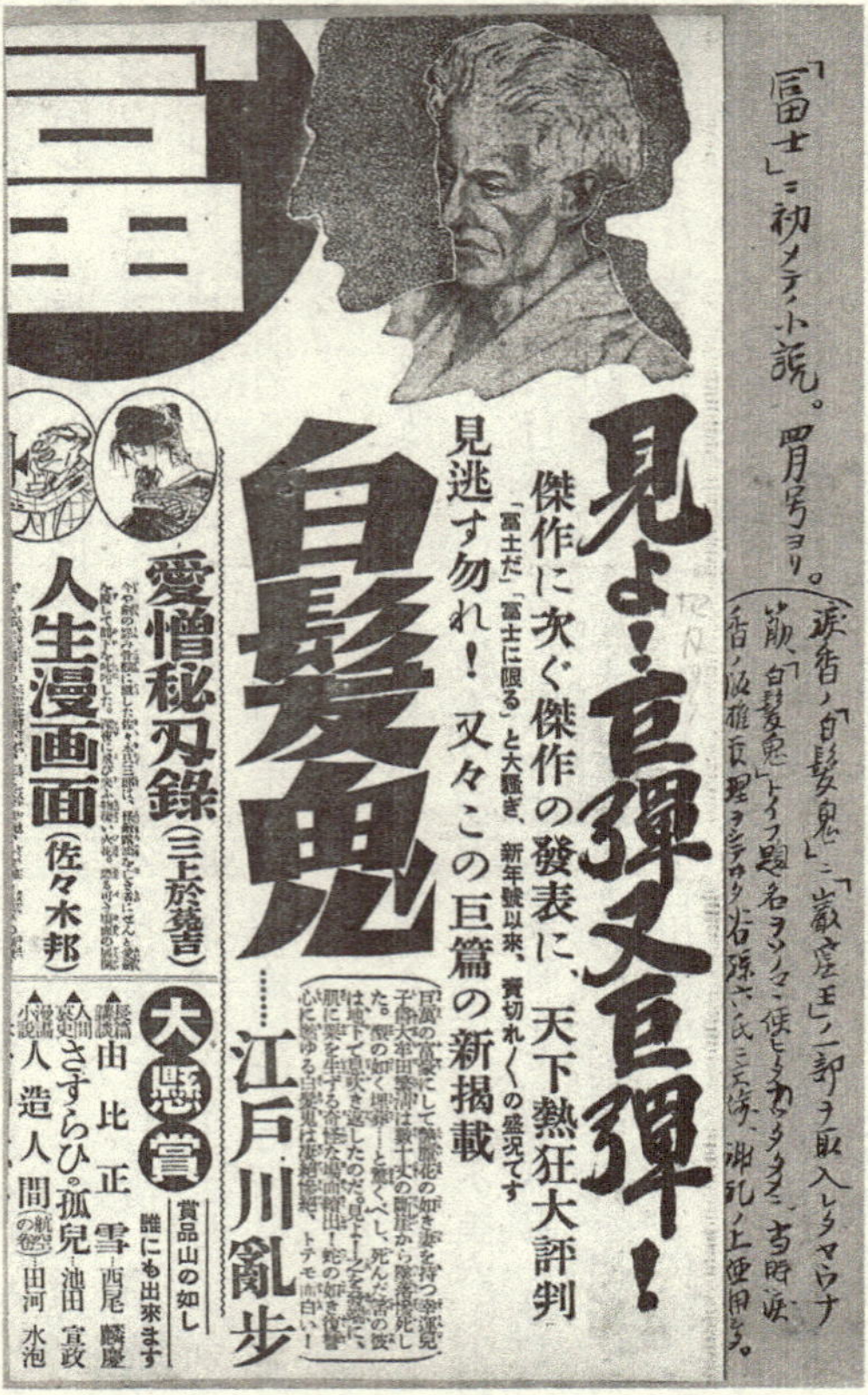

「白髪鬼」広告。「涙香ノ「白髪鬼」ニ「巌窟王」ノ一部ヲ取入レタヤウナ筋」（『貼雑年譜』より）

連載する「蜘蛛男」を「涙香とルブランとを混ぜ合わせたようなものを狙って書きはじめた」と書いている。

このように、涙香の小説が見直されてはいたのだが、文語で書かれたものも多く、同時代の読者が手に取りにくいものになっていた。そうした中で、『冨士』では、涙香の息子である黒岩日出雄《ひでお》が黒岩漁郎《ぎょろう》の筆名で「幽霊塔」のリライトを連載していたのだった。その後半と重なる時期に、乱歩による「白髪鬼」の連載も始まっている。

涙香の「白髪鬼」は、イギリスの女性作家マリー・コレリの「ヴェンデッタ」の翻案小説である。涙香は登場人物の名前に漢字を当てるなどの変更をしているが、比較的原作に近い筋立てで進めている。

乱歩が加えた変更は、たとえば原作では事故にあう主人公が、殺意を持った罠に追い込まれているといったところである。原作では決闘によって復讐が果たされるが、乱歩版ではより猟奇的な方法で遂行される。北米に移住する涙香の結末に対して、乱歩の場合は、終身刑となった男の告白として書かれている。過剰な復讐がおこなわれたのだ、というところに乱歩の特色を見ることができる。

さて、この「白髪鬼」のように、乱歩が他作家の作品を利用して書いた小説は五作品ある。涙香を原作とするのは、「白髪鬼」と「幽霊塔」である。ほかには、イーデン・フィ

冨士は早く買はぬと賣切れます
月々大増刷、キレイに賣切れ、書店も驚く讀者の激増ぶり！ 本號亦大評判につきお早く！
江戸川亂歩先生の大傑作！
怪奇凄動 白髪鬼
愈々冨士四月號から連載！
作者曰く――「この白髪鬼は私の近來の作中、一番乘氣もし面白くかけさうです。それはこの原作「ヴェンデッタ」が私の好みのものだからです。そしてこの原作は何といふ素晴らしい題材だらう。私はこの様な材料を掴み得た原作者が羨ましくてならぬ。」云々
見よ！幸福の絶頂から、忽ち憎怨のドン底に叩き落された復讐鬼の奇怪極まる大物語！

雑誌広告。（『貼雑年譜』より）

ルポッツの「赤毛のレドメイン家」を書き直した「緑衣の鬼」、ジョルジュ・シムノン「サン・フォリアン寺院の首吊人」をもとにした「幽鬼の塔」、そして戦後には、ロジャー・スカーレットの「エンジェル家の殺人」を翻案した「三角館の恐怖」がある。これらは昭和六年から昭和二十六（一九五一）年という長期に、分散して執筆されている。最初の翻案作品である「白髪鬼」が書かれた昭和六、七年は、乱歩の第二の多作期の終わりだった。「白髪鬼」の連載とほぼ重なる時期に、初めての乱歩全集が平凡社から刊行されていく。昭和七年の四月に連載が終了すると、すぐに全集の十二巻に収録されている。

この昭和七年の休筆の理由についてはそれほど具体的ではないが、江戸川乱歩全集の最終巻となる第十三巻に書かれた長文の解説「探偵小説十年」の中で吐露されている。「私はもうほんとうにへこたれてしまった」と、長篇の連載に飽きてしまったことを述べているが、「のみならず、探偵小説に対する私の考え方も少しばかり変わって来た。もういちど出直して何かやって見たい様な気持になって来た」とも書いている。そして昭和七年には、連載していた長篇を完結させて、執筆から離れた。

その後の昭和七年から八（一九三三）年にかけての休筆期間を経て、「悪霊」を復帰作として『新青年』に連載する。しかし乱歩はこの小説を完結させることができず、失敗に終わった。この時期、「黒蜥蜴」「人間豹」という、いわゆる通俗長編は書くことができたのだが、昭和十（一九三五）年は小説を執筆することはできなかった。

昭和十年前後は探偵小説にとって重要な時期だった。夢野久作《ゆめのきゅうさく》の「ドグラ・マグラ」や小栗虫太郎《おぐりむしたろう》「黒死館殺人事件」が刊行され、木々高太郎《きぎたかたろう》は直木賞を受賞している。エラリー・クイーンやジョルジュ・シムノンなど、海外の長篇が翻訳されたほか、いくつもの出版社で探偵小説の全集・叢書などの企画が進行した。

乱歩はこの時期を、海外探偵小説を読むことに充てた。この時の最も大きな収穫が、「赤毛のレドメイン家」であった。翻訳家で探偵小説の評論も書いていた友人の井上良夫《いのうえよしお》から勧められて読んだこの作品に乱歩は魅了された。その後、海外作品のベスト・テンなどでは、乱歩はこの作品を一位に挙げている。

そして昭和十一（一九三六）年に書かれたのが「緑衣の鬼」である。フィルポッツ「赤毛のレドメイン家」の筋を利用しつつ、乱歩独自の要素も加えて、この作品は出来上がっている。

この「緑衣の鬼」が完結すると、同じく『講談倶楽部』に「幽霊塔」が連載された。この作品は「白髪鬼」と同様に黒岩涙香の小説を下敷きにしている。

しかしこの昭和十二（一九三七）年には、支那事変が起こり、社会情勢が変化してき

新聞広告。綴込広告。(『貼雑年譜』より)

ていた。この頃の雰囲気について、乱歩は『貼雑年譜』に「もはや遊戯文学の時代ではないのである」と書きつけている。こうしたなかで書かれたこともあってか、「幽霊塔」の表現には、乱歩にしてはやや抑えたところもあるように感じられる。ただ、そのことにより、この作品にある種のバランスをもたらしたともいえる。

さらに、「幽鬼の塔」は雑誌『日の出』に昭和十四（一九三九）年四月から十五（一九四〇）年三月にかけて連載された。翻案というほどの近さはないが、シムノンのアイデアを利用した作品だった。

この時期にはすでに乱歩のような小説が受け入れられる余地はなくなっていた。この作品については「私の持ち味というようなものが、この作品にはほとんど出ていない」（桃源社『江戸川乱歩全集』第15巻あとがき）と乱歩は書いている。こうして乱歩は、こんどは自らの行き詰まりではなく、時局によって自由に書くことのできない状況に追い込まれてしまったのだった。

戦争が終わると、探偵小説はそれまでの抑圧から解放された。「三角館の恐怖」は乱歩にとって、少年物ではない戦後初の長篇小説となった。探偵小説は戦後すぐに刊行され始め、乱歩の以前の作品も復刊によって多くの読者を獲得していたが、乱歩は実作からは遠ざかっていた。昭和二十年代の乱歩の執筆活動は、評論などによって探偵小説を紹介していくことが中心だった。しかし光文社からの熱心な勧めがあり、以前から高く評価していた作品を、舞台を日本にして書くことになる。光文社の『面白倶楽部』に昭和二十六年一月から十二月に連載された。

だが、この作品も戦後の新機軸とはならなかった。乱歩が本格的に探偵小説の執筆に再び力を入れるのは、還暦を機会にした昭和二十九(一九五四)年の後半になってからであった。

このように、これら他作家の作品を使って書かれた乱歩の小説によって、それぞれの時期における乱歩のスタンスをうかがい知ることができる。

こうした乱歩の翻案小説の最初の作品としても、この「白髪鬼」は重要な意味を持っているのである。

監修／落合教幸
協力／平井憲太郎
立教大学江戸川乱歩記念大衆文化研究センター

本書は、『江戸川乱歩全集』（春陽堂版　昭和29年〜昭和30年刊）収録作品を底本としました。旧仮名づかいで書かれたものは、なるべく新仮名づかいに改め、筆者の筆癖はそのままにしました。漢字は変更すると作品の雰囲気を損ねる字は正字体を採用しました。難読と思われる語句には、編集部が適宜、振り仮名を付けました。

本文中には、今日の観点からみると差別的、不適切な表現がありますが、作品発表当時の時代的背景、作品自体のもつ文学性、また筆者がすでに故人であるという事情を鑑み、おおむね底本のとおりとしました。

説明が必要と思われる語句には、各作品の最終頁に注釈を付しました。


（編集部）

江戸川乱歩文庫
白《はく》髪《はつ》鬼《き》
著　者　江《え》戸《ど》川《がわ》乱《らん》歩《ぽ》

2018年12月10日　初版第1刷　発行

発行所　株式会社　春陽堂書店
103-0027　東京都中央区日本橋3-4-16
編集部　電話03-3271-0051

発行者　伊藤良則

印刷・製本　株式会社マツモト

乱丁・落丁本は、ご面倒ですが小社営業部宛ご返送ください。
送料小社負担にてお取替えいたします。

ISBN978-4-394-30164-6 C0193